Nunca me abandones

Martina Di Paula López

ediciones
del Genal

50
1969-2019
ENTRE LIBROS
EN LA CIUDAD DE MÁLAGA
Proteo*Librerías*Prometeo

ediciones
del Genal

Autor: Martina Di Paula López

Título: *Nunca me abandones*

Ilustración portada: Paula Amiano

Maquetación: Rocío Fernández Barrientos

Edita: Promotora Cultural Malagueña

Coordina: Ediciones del Genal

Colabora: Librerías Proteo y Prometeo

Depósito Legal: MA.1590-2024

ISBN: 978-84-10114-36-4

Impreso en España / Printed in Spain
Málaga, junio 2024

Nunca me abandones

Martina Di Paula López

A la Pata

Gracias a mi madre y mi abuela por hacerme entender que hay otra forma de maternidad, una gran diversidad de cuidados y todo tipo de referentes. Gracias a mi padre y mi abuelo por ser compañeros en el proceso. Esto es un relato de mujeres a las que admiraría si existiesen y escrito gracias a las mujeres que existen y admiro. Gracias a todas mis referentes, amigas, compañeras y familiares, mi red de cuidados y apoyo: por enseñarme que vivir es querer y sentir.

Nunca me abandones es una expresión de admiración por las mujeres que me rodean, a las que conozco y a las que no. He querido relatar la diversidad de mujeres y puntos de vista, en un contexto sociopolítico y geográfico concreto, el que me toca de cerca y el que me siento cómoda relatando. A lo largo del libro he intercalado fragmentos de poesía. Es una forma de que confluyan formas artísticas y apelar a la emoción que surge de los vínculos relatados.

La amistad y los vínculos son grandes olvidados en la literatura. Al menos, en el tipo de literatura extendido. He tomado como referencia mujeres que conozco, ficcionando realidades que, desde niña, me fascinaban. La amistad es atemporal. Son vínculos que en la adultez se infravaloran, aunque sean la conexión entre presente, pasado y futuro.

Nunca me abandones

Martina Di Paula López

Prólogo

Yo nunca te abandonaré

Siempre he tenido una relación conflictiva con los prólogos. Por ello no me sentía capaz de empezar este texto sin confesar mi gran secreto: no suelo leer los prólogos de los libros. Tiendo a pasar de largo esas páginas cargadas de explicaciones y contextualizaciones de la obra y del autor. Aunque la mayoría de las veces recurro a ellas una vez me he terminado el libro; y debo admitir que en algunas ocasiones me han parecido brillantes y me he arrepentido de no haberlas leído antes. Aun así, me mantengo firme a mi manía. Sobre todo, al localizar que en mi corpus más profundo la justificación no es otra que mantener intacta mi reacción primaria al cuerpo textual. Puesto que, me considero una persona bastante influenciable y siento que mi criterio cae en saco roto al tener de primera mano una lectura particular que no es la mía.

Pido disculpas a los prologuistas del mundo, no tengo nada en contra de vosotros y aprecio un montón vuestro trabajo, pero quería reconocer este pecado antes de empezar a formar parte de vuestro club. Por todo ello, reconozco que habrá gente que no me leerá, y la verdad que no me importa. Lo que si que espero es que este libro os punce tanto como a mí. No obstante, si se da la situación hipotética de que os pasa desapercibido, por lo menos os abro mi corazón para que os empapéis del fulgor en el que me han ahogado las brillantes palabras de mi amiga.

Martina con esta obra lucha en contra de la idea de identidades fijas y autónomas creadas por la figura metafórica del individuo al margen del cuerpo social que elige racionalmente cómo quiere ser. Por el contrario, ella se reconoce como un conjunto de mujeres que habitan dentro de ella. Así, defiende que cada resquicio de su identidad ha sido producto de aprendizajes respecto a otras mujeres que han dejado su huella impresa en el mármol de su personalidad. Al fin y al cabo, esta obra supone un homenaje a todas ellas.

Esta noción tan característica tiene una clara herencia del dogma literario de Marcela Serrano en su aclamada obra "Nosotras que nos queremos tanto" (1991). La escritora chilena proyecta a través de las voces de cuatro mujeres adultas reunidas en la casa de vacaciones de una de ellas en el sur de Chile reflexiones sobre sus vidas. Creando una armonía de confidencias en la que juega un papel fundamental el vínculo que ha existido entre ellas a lo largo de los años.

De la misma manera, Martina emplea el pretexto de una reunión de mujeres adultas amigas para reescribir a su manera este tópico literario que tanto admira. Siendo especialmente significativo, la condecoración de las protagonistas bajo los nombres propios de algunas de sus autoras favoritas, llevando a cabo un claro homenaje al significado que

la literatura tiene para ella. Además, el tras-
fondo de estos personajes se encuentra inspi-
rado en el grupo de amigas que su madre for-
jó durante la adolescencia. Coincidiendo en
un periodo de su vida marcado por el exilio
de su país natal Uruguay como consecuencia
de la instauración de la dictadura cívico-militar. Sin embargo, la auto ficción termina
por inundar gran parte del relato original, la
vida real de estas mujeres en las que se inspira queda en un segundo plano. En tanto en
cuanto, como si fuera un sueño lúcido Martina reinterpreta sus vidas añadiendo experiencias que ella misma ha vivido en primera
persona.

Esta particular concepción queda retrac-
tada a través de la estructura en torno a la
cual se construye el relato. El escenario
narrativo se edifica alrededor de una comida entre seis amigas donde los rituales que
conforman la ceremonia (Antemesa, Mesa,
Sobremesa, El té, Entre susurros, El adiós,
Despedida) cobran especial protagonismo,
al convertirse en los ejes de trasmutación de

la voz narradora. De tal manera, dichos actos introducen el cambio que se va a producir en la condición ontológica de la primera persona, estando encarnada en cada capitulo por una protagonista diferente. En definitiva, la voz de Martina se consolida como un canal a través del cual deja que hablen estas mujeres que han conformado su identidad. No solo las amigas de su madre, que claramente han tenido un impacto en su visión del mundo, sino en todas las mujeres que han pasado por su vida y han dejado una parte de ellas.

En una primera instancia Martina define a las protagonistas de su libro como mujeres independientes y autónomas. Sin embargo, sumergiéndose en las profundidades de las vidas de estas mujeres se puede apreciar el matiz de que ese apelativo solo tiene un significado parcial: aparentemente son independientes económicamente respecto a un hombre. Enfrentándose de cara con esa creencia patriarcal que toma la apariencia de una red pegajosa que dificulta la comprensión de la diferencia entre interdependencia humana y vínculos de dependencia material arraigados en torno a la desigualdad sexo genérica. A través del vínculo que une a las seis mujeres de la novela se revela el rostro más artificioso de esta ficción de independencia. Su amor nació desde la necesidad de sentir refugio, de sentirse reconocidas en la circunstancia del exilio que estaban viviendo. La dependencia en estado puro que aflora ante una vulnerabilidad imposible de ocultarse a través de caretas. Fue este génesis milagroso el que las ha mantenido a lo largo de los años como una promesa inquebrantable. Bajo la voz de Liliana se enuncia: *"Fue así como descubrí que las personas podían ser anclajes a la tierra. Hilos de los que tirar en busca de seguridad, fronteras que atravesar"*. Dando a entender que, este vínculo grupal se encuentra dotado de una capacidad de arraigo que ha perdurado a lo largo de las décadas indicando el camino de baldosas amarillas hacia ese calor del hogar.

Bajo este pretexto, se pueden localizar un candente debate que pugna entre identidad relacional e identidad individualizada. De hecho, es posible percibir la influencia de las tesis de Almudena Hernando en su brillante ensayo: "La fantasía de la individualidad: sobre la construcción sociohistórica del sujeto moderno" (2018). La arqueóloga defiende una particular concepción de la noción de independencia del sujeto moderno occidental: estipula que esta visión es una fantasía, ya que ningún ser humano puede llegar a ser independiente. Somos seres sociales y no podemos existir sin el apoyo emocional de nuestros iguales, pero el problema aparece cuando esta igualdad termina por desdibujarse. Para profundizar en los artefactos que sostienen esta vulgata, Hernando recurre a los albores del sujeto moderno, estipulando que *la individualidad fue, por tanto, resultado de todo un proceso histórico, que se fue desarrollando paralelamente al aumento del control tecnológico y la explicación racional del mundo, dada la distancia emocional que la persona establece con lo que controla y conoce a través de la razón" (Hernando, 2018).*

Sin embargo, esta distancia emocional respecto al mundo solo es posible si las necesidades emocionales se encuentran cubiertas. En los últimos siglos esta farsa se nutría de relaciones patriarcales en las que las mujeres sostenían emocionalmente a los hombres, sin que estos reconocieran de facto esta labor. Puesto que, esta confesión traería consigo el desmoronamiento de esta falsa condición de poder y control sobre el mundo. En las propias palabras de Hernando: *"En su mundo emocional reside lo mas temido y por tanto lo más negado: la prueba de su inseguridad en el mundo. De ahí que con este tipo de identidad los hombres sólo pueden sostener relaciones emocionales que no pongan en evidencia la contradicción, que no saquen a la luz lo que oculta la negación. Esto significa que estos hombres con individualidad dependiente (la llamada masculinidad hegemónica) solo pueden sos-*

tener relaciones emocionales atravesadas de desigualdad, que siempre les devuelven una imagen asociada con el poder y la seguridad" (Hernando, 2018). El credo que sacralizó este modelo relacional quedó cristalizado con el imaginario del amor romántico.

No obstante, con la progresiva irrupción de la mujer en los procesos de especialización tecnológica, también empezaron a incorporarse en este proceso de individualización a través de la adopción de una visión racional del mundo. Sin embargo, en muchas ocasiones ellas no encontraban ese respaldo emocional oculto que caracterizaba a la individualidad patriarcal de los hombres. Ante este escenario, cualquier sujeto cuya identidad disidente no pueda quedar asimilada por el corpus de las relaciones burguesas patriarcales occidentales desiguales vivirá en sus carnes la discordancia de la capacidad ontológica de la individualidad.

Autoras de distinta índole han tratado de escarbar en esta contradicción desde

Alice Rivaz con su pionera novela "La paz de las colmenas", Bell Hooks en "Todo sobre el amor", Vivian Gornick en "La mujer singular y la ciudad", Marcela Serrano en "El albergue de las mujeres tristes" o Annie Ernaux en "La mujer helada". De la misma manera, Martina se hace un hueco entre estas grandes voces esbozando a la perfección los matices mas sutiles de este entramado sociohistórico. Quedando especialmente representado a través del personaje de Bruna, cuando en uno de los fragmentos más brillantes confiesa: *"supongo que busco protección sin admitírmelo a mí misma. Admitir la interdependencia sin llegar a reivindicarla. Una especia de manifestación de la importancia de compartir la libertad. Encontrar así brazos afectivos que me arropen cuando el frío viene de fuera".*

Ante esta instrumentalización de los vínculos afectivos para suplir necesidades de forma encubierta a través de relaciones desiguales en el ámbito tradicional de la pareja heterosexual, la institución de la amistad se puede presentar como un campo alternativo en el que otorgar otro sentido a esta noción de dependencia.

Roland Barthes en su popular obra "Fragmentos de un discurso amoroso" esboza esta relación de la siguiente manera: *"como una mala sala de concierto, el espacio afectivo tiene rincones muertos, donde el sonido no circula. —El interlocutor perfecto, el amigo, ¿no es entonces el que construye en torno nuestro la mayor resonancia posible? ¿No puede definirse la amistad como un espacio de sonoridad total?" (Barthes, 1993).* De esta manera, se puede adoptar una definición de la amistad como ese lugar de auto reconocimiento colectivo en el que nuestra identidad relacional encuentra cierto refugio en la vorágine de soledad e individualidad de la postmodernidad.

Este matiz resulta imprescindible reivindicarlo. Puesto que, las amistades permiten crear un relato común de la vida. Un resquicio de algo que permanece. Porque nunca somos tan nosotras del todo. Siempre somos una parte del resto. Así, el título del presente libro de Martina: "Nunca me abandones" puede interpretarse como una declaración de intenciones de reivindicar ese lugar de permanencia. Puesto que el abandono puede coronarse como el mayor enemigo de esa permanencia. Es el culpable de quebrar sistemas enteros de apego e introducir la inseguridad en nuestra capacidad de dar y recibir amor. Sin embargo, el terreno de la amistad no es tan ideal como parece, y Martina se encarga de mostrar esos puntos ciegos que hacen desdibujar el halo de perfección que parece recubrirlo todo.

En primer lugar, una de las patas que flojea dentro del imaginario amistoso es el juego entre la falta de expectativas y la jerarquización cultural de prioridades vitales. Todo esto deviene en una ferviente infravaloración de la amistad. El paso a la adultez va imbricado en la narrativa general de nuestra sociedad como un barrido de la amistad fuera del ámbito de imprescindibles de la vida. La hegemonía de los arcanos de la productividad deja un espacio muy reducido a la amistad. El centro queda localizado en actividades productivas que nos mantienen presa del cansancio todos los días, y a una búsqueda autorreferencial de una pareja en torno a la cual procrear una estirpe de personas cansadas que trabajen. Mientras que, cada vez las amistades quedan más recluidas a los resquicios de tiempo que sobran. Las rutinas compartidas dejan de tener esa importancia que tenían en la adolescencia. En definitiva, esta obra supone una preciosa elegia a ese momento mágico que había permitido relacionarse de una forma tan cercana durante un periodo de su vida. Lamentando el escenario actual: *"Solemos estar tan inmersas en la cotidianidad que no sacamos momentos para vernos"*.

Además, Martina que vive en sus carnes actualmente ese fenómeno propio del paso a la adultez reivindica en voz alta: *No quiero quedar una vez a la semana para tomar unas cervezas o una vez cada dos meses para hacer una cena. Quiero quedar todos los días, compartir cosas que nos gusten o que nos duelan.* Ante esta circunstancia pesimista, irse de vacaciones con las amigas permite recuperar en cierto sentido el escenario ideal de una vida compartida. Creerse por un margen concreto de tiempo que esa cercanía es real y mantenida en el tiempo, que es posible percibir las rutinas, las manías y las pasiones de aquellas a las que consideramos amigas. La intimidad aflora como los almendros avisándonos prematuramente de la llegada de la primavera. Sin embargo, las vacaciones terminan, cada una vuelve a su rutina y se desvanece esa primavera prometida.

Esta coyuntura ha sido empleada en el grueso de novelas intimistas como lugar idóneo en el que reivindicar esa reciprocidad emocional. Sin embargo, Martina en esta obra nos sitúa entre la espada y la pared planteándonos de forma incomoda si queremos que esto solo ocurra en vacaciones o que por el contrario deseamos que forme parte de nuestro día a día. Haciendo partícipe al lector al cuestionarle el papel que cumple la amistad en su vida.

Al fin y al cabo, la incursión de la intimidad entre personas dota de sentido a la vida. Nos hace sentirnos valiosos en el mundo. Somos capaces de sentirnos relajados, de deshacernos de todas las apariencias que llevamos sosteniendo todo el día. De solo ser cuerpos dándose cariño. De romper el cemento que nos obliga a ser independientes. De mostrar nuestra vulnerabilidad en el plano mas humano.

Sin embargo, el gran problema que presenta la amistad es su dificultad de acotación: ¿dónde empieza y dónde acaba? ¿qué ocurre cuando estas líneas se difuminan y todo termina cayendo por su propio peso? En el capítulo sexto y décimo, a través de las voces de Almudena e Isabel y su peculiar relación, Martina indaga entre estas incógnitas mostrando la cara mas bella y cruel de un afecto que no sabe como nombrarse. La palabras de Almudena caen como una losa cuando pronuncia: *"nos queríamos tanto que no sabíamos ponerle palabras a lo que nos pasaba"*. Ante la agonía de este silencio la única prueba que permanece de que ese amor fue real son las manifestaciones de la intimidad y la complicidad. Actos que Martina desgrana con una mirada audaz y una sensibilidad excepcional: *"Nos comunicábamos con los dedos de los pies. Habíamos creado un lenguaje de señas y roces" "Conocía su cuarto como si fuese el mío"*.

En definitiva, se puede apreciar la prevalencia de una mirada que vuelve lo aparentemente insignificante en relevante, que te enseña a mirar a través del tapiz. Que te hace sentir la primavera uruguaya en tus carnes y experimentar la ternura de este grupo de amigas en tu propio sistema nervioso. En cierta medida esta condensación emocional trasciende de la propia capacidad de la prosa, dando paso al poder mágico de la poesía para plasmar emociones que no se pueden explicar, solo se pueden sentir.

Para defender esta visión me gustaría recurrir a las palabras que José Teruel emplea para introducir la poesía de Carmen Martín Gaite en el prólogo de la última edición del poemario "A rachas" (2023): *"En el verso hay mayor concentración expresiva, se persigue la intensidad a expensas de la claridad. El verso depara mayor visión; la prosa, mayor recreación, pero con una misma poética: conocer es recordar lo que somos; solo lo afectivo permite sobrepasar los límites temporales; nombrar es sacar los asuntos del caos, aunque suponga una traición de ese mismo caos" (Martín, 2023).* En tanto en cuanto, de la misma manera que Gaite empleaba la poesía para expresar aquella emotividad que la prosa no era capaz. Martina sigue su ejemplo y nos permite indagar en aquellas emociones que se quedaron en el tintero al escribir el capítulo.

Unos meses después de haber leído el manuscrito de "Nunca me abandones" siguen retumbando en mi cabeza algunos versos que han quedado incrustados como la hiedra en una pared. El agua ocupa un lugar simbólico privilegiado en sus poemas, siempre está presente en cierta medida. De la misma manera, que ha ocupado un espacio central en la vida de Martina como autóctona de la ciudad costera de Málaga. Además, el Océano Atlántico perfiló la frontera respecto una parte de su familia que sigue viviendo en Uruguay. De hecho, la escritura de este libro coincidió con un periodo en el que vivió temporalmente allí con su familia. Por lo que, se puede vislumbrar los resquicios de la cartografía familiar en torno al exilio. Esta herida familiar que Martina acaricia a través de la literatura, como bien dejó constancia en su anterior novela "Al otro lado del charco" (2020).

Otro tema fundamental de su poesía es el dolor, acosado por el fantasma de la muerte que suele aparecer manifestado a través del poder disruptivo del agua y del aire. El ahogamiento y la falta de aire suelen aparecer como tópicos que llevan al límite su forma de sentir, donde el dolor encuentra un lenguaje en torno al cual materializarse. A través de todo ello abraza la intensidad que le caracteriza e intenta buscar calma en estilo lirico. En convertir la angustia en belleza, o como dijo la poeta y rapera Gata Cattana *"convertir el llanto en trino"*.

Martina para mi eres una fuente de calma, que recubre de una fina capa de quietud cualquier adversidad. Tienes la capacidad de encontrar luz en el pozo más profundo, y esa magia no la tiene cualquiera. Hay pocos lugares en los que me siento más calmado que leyendo en la cama bajo la luz tenue de una lamparita de noche. Esta atmósfera se vuelve especialmente ideal cuando se comparte con alguien. Tristemente no es una situación que haya sucedido en muchas ocasiones, pero contigo sí que he tenido el placer de reproducirlo. Para mi esta imagen se encuentra dotada de un halo superior de intimidad, la de compartir la complicidad del silencio. La lectura deja de ser una labor individual para convertirse en un lenguaje común. Sobre todo, cuando los libros suelen ser los mismos. Por ello me ha emocionado percibir estelas de obras que nos hemos leído conjuntamente: desde Marcela Serrano hasta Cristina Peri-Rosi, pasando por Jazmina Barrero y nuestra querida Annie Ernaux. Sin olvidar a Camila Sosa Villada, Almudena Hernando, Vivian Gornick o, incluso, Sara Mesa. La literatura ha marcado el ritmo de nuestra relación. Nos ha permitido expresar aquello para lo que no teníamos palabras. Por eso es un verdadero honor que me hayas pedido formar parte del viaje que ha sido este libro. Estoy seguro de que muchas personas van a sentirse recogidas emocionalmente por las palabras que escribes.

Como respuesta solo me queda decir: Yo nunca te abandonaré.

Pablo Casallo Barreira
Madrid 2024

Capítulo 1. Antemesa

Dos termos se encontraban sobre la mesa entre las seis mujeres sentadas en los dos sofás de espaldas a la cocina.

La casa de Marcela, llena de plantas desde el curso de permacultura que hizo recientemente, acogía el encuentro. Bruna había llegado una semana atrás de España y Lila había dejado definitivamente París. Ahora buscaba razones por las que quedarse en algún sitio. Habían preparado un picoteo, una comida y una merienda. Una tarde juntas aprovechando que la casa se había quedado vaciada de parejas, hijas e hijos para poder poner sus vidas en común.

Se notaba que la primavera avanzaba. El verde del invierno y de las continuas lluvias ahora tenía el matiz más colorido de las flores. Esto era especialmente vistoso desde la zona de la casa donde se encontraban. Una gran cristalera daba al jardín interior de la casa, que terminaba con un muro cubierto de hiedra. La palta de la vecina hacía sombra, aunque el fuerte viento tiraba continuamente sus hojas. Todavía no llegaba el calor, así que los ventanales permanecían cerrados. Estaban en época de lluvias, lo que explicaba el verdor de todas las plantas.

—¿Entonces hasta cuándo estás acá? —preguntaba Lidia.

—En principio me quedo dos semanas —Bruna contestaba mientras volvía a agarrar el termo. Si había una costumbre que no había perdido a pesar de llevar viviendo 25 años fuera del Uruguay, era la compañía del mate. Da igual si estaba sola o acompañada, junto al desayuno cada mañana ponía agua a calentar. —Después me reuniré con Cristina en Buenos Aires, está ahora en un consejo y decidimos darnos una pequeña escapada cuando terminase, mientras Marcela está con el encuentro. Una despedida antes de regresar.

—Está todo encajando de la mejor manera. Yo necesitaba los cuartos para las compañeras que vienen de Europa así que a Bruna se le ocurrió acompañar a mamá los últimos días y aprovechar para pasar un poco de tiempo madre-hija.

—¿Y Pilar? ¿No se une?

—No pudo pedir más vacaciones, según entendí.

Marcela y Bruna eran hermanas. Se llevaban tan solo un año de diferencia, lo que había hecho que gran parte de su vida las amigas de una lo fuesen de la otra. Pilar era la pequeña. Todas tenían una relación estrecha con su madre, que había sido una gran referente para todo el grupo de amigas. Cristina había sido toda su vida una académica feminista muy militante, lo cual era muy admirado entre las seis mujeres cuya autonomía era el pilar de sus respectivas vidas. Realmente todas venían de padres politizados, cuya acción política las había hecho encontrarse en los años setenta latinoamericanos.

Eran hijas de exiliadas, del hogar en continuo movimiento. Nómadas. Habían aprendido a apoyarse entre ellas, sabiendo que siempre tendrían un refugio al que acudir por mucho tiempo que pasara y mucha distancia que las separase. Siempre habría una casa en la que protegerse. Un lugar donde sanar. Y a pesar de que el tiempo que compartieron fue corto, no más de 10 años de adolescencia las que más, la seguridad que simbolizaron unas a otras en unos años marcados por la inestabilidad política y social hacía que buscasen siempre estos encuentros. No sintieron realmente que se habían ido hasta que volvieron.

Es más, cuatro décadas después, a pesar de las vueltas de la vida y los altibajos que condicionaron las trayectorias de las seis mujeres esa tarde reunidas, el grupo variopinto se veía con una periodicidad casi anual. Estaban emocionadas por el reencuentro, se pisaban unas a otras al hablar.

La calidez del interior de la casa era acompañada por los colores vívidos que se movían por el viento propio del cambio de estación. Se respiraba la humedad del ambiente, lo que las animaba a apretarse unas contra otras para mantener el calor. El cielo tenía varios colores según lo oscuras que fueran las nubes que lo tapaban, aunque se asomase algún rayo de sol de vez en cuando.

El olor a jazmín era propio de la casa motevideana de Marcela, mezclado con el hedor de las hojas mojadas. Las calles de esa zona tenían muchas zonas verdes, que se confundían con los jardines, normalmente frondosos y poco cuidados de las propias casas. Estaban suficientemente alejadas del centro para que no hubiese grandes edificios pero suficientemente cerca para sentirse parte de la ciudad.

Todavía quedaban abrigos puestos, los fríos inviernos hacían que costase soltar prenda a medida que avanzaba la primavera. Sobre la mesa interior, ya que la lluvia amenazante había impedido el plan inicial en la mesita al lado de la parrilla, estaba la jarra con agua saborizada de limón y pepino, acompañada de seis vasos y los picoteos previos que cada una de ellas había traído para acompañar las verduras asadas que no tardarían en llegar.

Hubo un primer momento de reconocimiento, de efusividad y abrazos mientras iban llegando. Tras un primer asentamiento, comenzaron a preparar todo. Sus encuentros nunca eran estáticos, y lo raro había sido encontrarse en una casa sin planes posteriores. Iban sacando los alimentos, mientras Marcela y Bruna, más conocedoras del lugar, indicaban dónde dejarlos. Los postres a un lado, para después. Lo que se pudiera picar ya, que se abriese.

Así terminaron de pie en la cocina. Alguna sentada ya en el comedor. A pesar del tiempo cambiante y la amenaza de lluvia, entraba mucha luz a través de las vidrieras. Costaba contenerse pues a todas les inundaba la ilusión del encuentro. La sala era amplia, pero no lo suficiente para llegar a evitar que se chocasen entre ellas al moverse de un lado a otro. De esta forma, entre el murmullo continuado, el ruido del viento acompañado de la llovizna que iba y venía y el olor característico a humedad y jazmín, pasaba el tiempo.

Lidia hacía tiempo que había dejado de comer carne y ahora insistía a todas a seguir sus pasos, sin mucho éxito. La carne está demasiado arraigada al país. Sin embargo, todas se adaptaban. Liliana le preguntaba, interesada por el cambio de su amiga y mostrándole orgullosa los progresos que ella misma hacía. Isa y Marcela intentaban cambiar la conversación para mostrarle a Lidia las clases de danza que tenían planificadas para los siguientes meses, mientras Bruna iba preguntando, con la curiosidad que la caracterizaba por las aromáticas que estaban plantadas a la entrada de la cocina.

Almudena las fue moviendo, discretamente, hacia el salón, cosa que Marcela le agradeció con la mirada. Sabía que todo iba a sucederse de manera lenta en las próximas horas, así que ayudaba a que fluyese de la mejor manera posible. Las miraba sonriendo, orgullosa de en lo que se habían convertido sus amigas. Todas desprendían una gran fuerza y seguridad, y estar con ellas era siempre contagiarse.

entre dos aguas

me siento ligera
y no creo que sea por el aire que me envuelve.
ese me asfixia.
sobre todo, ahora que a penas percibo la tierra
ni sus raíces,
ni mis raíces.

me cuesta hablar del mar
porque me ahoga y amansa
representa una distancia
que nunca seré capaz de nadar.
es la materialidad líquida en continuo cambio.

descubrí la complejidad de construir una identidad,
lo distinta que soy a cómo creía que era
y me quise mucho más.

las fronteras que habitan en mí
no son excluyentes.
todo lo contrario,
me aferran a los dos suelos que piso
que tienen una historia compartida:
conquistadas y conquistadoras.
una dualidad,
de la cual no identifico

si soy parte del privilegio opresor
o de la tierra oprimida.

he entendido la volatilidad
de lo socialmente construido.
seguiré cantando con mamá y las tías:
"la mar estaba serena
serena estaba la mar".

mientras,
me siento ligera
y creo que es
porque me he fusionado
con el aire que me solía envolver.

Capítulo 2. Bruna

Hacía mucho viento frío, para calentarnos le agarré la mano a Marcela. Aunque sólo tuviera un año más que ella, me nacía la necesidad de protegerla. Era agosto de 1976, estábamos yendo a encontrarnos con papá, que había encontrado una casa en Ecuador, según nos susurraba mamá mientras caminábamos por Avenida Brasil con el equipaje justo para que no resultase sospechoso. Mamá llevaba a Pilar en brazos, Marcela y yo cargábamos las mochilas escolares y una pequeña maleta para las cuatro. Una valija donde mamá nos había hecho escoger objetos que queríamos para siempre con nosotras.

Las calles estaban vacías, todavía era temprano en la mañana. También era fin de semana así que no había muchas personas trabajando. Sentíamos la melancolía. Con la luz del alba todo parecía teñido de un color sepia. Ahora resulta sorprendente pensar que esa sería la imagen que tendría de Montevideo durante los próximos 10 años que pasaría en Ecuador.

Estábamos nerviosas, así que no parábamos de hablar y corretear. Intentábamos no prestar mucha atención a nuestro alrededor. Cristina ya nos había regañado muchas veces. Por hacer ruido, por revolver, por comentar de más, o de menos. A partir del golpe de Estado y el inicio de la dictadura cívico-militar uruguaya, habíamos empezado a pasar mucho más tiempo con nuestros padres, que hablaban y discutían mucho, la mayoría de las veces nos terminábamos enterando de algo aunque susurrasen. Nos gustaba quedarnos escuchando, aunque no entendiésemos todo. Cuando discutían con otras personas, siempre se defendían mutuamente. Daban cifras, datos, argumentos que en ese momento nos parecían irrefutables. Hacía tiempo que no veíamos a papá, así que estábamos ansiosas por llegar.

Tampoco podíamos hablar en el colegio de las visitas que recibíamos en casa, ni de la familia de papá, ni de su hermana. Había muchos tabús que procurábamos respetar. Con mamá también había cosas que mejor no decir. O esa sensación teníamos. Había que ganar nuestro espacio, nuestra legitimidad, porque el mundo no estaba diseñado para nosotras, había que resignificarlo.

En el aeropuerto no hubo problema, salimos diciendo que íbamos de viaje. Pero no había pasaje de vuelta. A día de hoy, todavía me sorprendo de que pareciera tan fácil, sobre todo sabiendo que realmente estábamos huyendo. Su madre, Cristina, fue buscada tiempo después. La policía hasta se presentó en la puerta de su casa, así como en la de sus amistades conocidas, pero ya estábamos a miles de kilómetros. Recuerdo dos veces que, carta en mano, mamá nos explicaba cómo había desaparecido una amiga o un colega suyo de la facultad. Papá la abrazaba, empezamos a entender que no solían reaparecer.

Ecuador nos dio la bienvenida con una humedad a la que no estábamos acostumbradas y eso que Uruguay es lluvioso. Mamá se manejaba con una seguridad y una tranquilidad que, aunque supongo que fingida, logró relajarnos. Siempre sabía qué hacer, siempre en calma, en control. Había estado lloviendo horas antes y el olor a mojado fue parte de nuestra primera inspiración, un poquito como en casa. Todo esto acompañado de una subida de la temperatura general, en contraste con el frío invierno que dejábamos atrás.

Una vez llegamos a la primera casa que habitaríamos nos reencontramos con nuestro padre, que había salido meses antes en busca de un lugar seguro donde establecer el nuevo hogar temporal. El piso era muy luminoso, abierto y con grandes ventanales. Al menos, debido a mis reducidas dimensiones, me parecieron tan enormes que me abrumó lo pequeña que me sentí en ese valle rodeado de montañas, donde las casas se iban perdiendo hasta dejar ver unas cimas verdes que no tardarían en convertirse en el paisaje habitual.

Papá estaba montando muebles todavía, había cajas por todos lados. Tengo la imagen de él rodeado de luz, sentado en un taburete mientras martilleaba algún mueble. Corrimos a elegir nuestras habitaciones, encontrándonos con que nos tocaría compartir, hecho que asumimos con total naturalidad, ya que algo dentro de nosotras ya veía que íbamos a necesitar sentirnos cerca de lo que habíamos dejado atrás. Marcela se quejaba porque siempre le había tocado a ella compartir, o con Pilar o conmigo. Estos fueron los primeros cambios que nos tocaron, una habitación para Pilar, que se acostumbrase a dormir sola, y otra para nosotras.

Nada más llegar, me entraron muchas ganas de conocer a las personas que, según mis padres, habían hecho lo mismo que nosotras. Me puse los zapatos y me dispuse a salir, momento en el que Marcela se me volvió a enganchar al brazo. Un poco molesta me revolví, me solté, y le hice una señal seria, de que tenía que comportarse. Lo entendió.

Acto seguido, ambas muy solemnes, nos dispusimos a llamar a todos los timbres del edificio, con la esperanza de encontrar a otras niñas de nuestra edad.

El edificio era muy blanco, tanto, que daba miedo ensuciarlo con nuestras pisadas. Caminábamos muy sigilosamente, como si el ruido manchara. Empezamos a llamar. Hubo suerte y pudimos parar al cuarto timbre. Justo debajo nos abrió una niña, un poco nerviosa y con una mirada curiosa. Se llamaba Almudena. Con la naturalidad de las niñas que acaban de conocerse, nos pusimos a jugar inmediatamente.

Resultó que su padre trabajaba con mamá en el departamento de Sociología de la Universidad de la República. Hacía meses que habían cerrado todas las facultades medianamente controvertidas en Uruguay. Almudena era nerviosa y le exasperaba aún más ver nuestro caos. Eso no impidió que fuésemos grandes amigas desde el primer momento. La curiosidad nos unió. Primero empezamos en la escuela pública, sin muchas referencias. Nos quedaba cerca de casa e íbamos las tres andando, las cuatro una vez Pilar se unió. Eso sí, vivimos de lleno el choque cultural. La sociedad ecuatoriana era distinta. Me sentí como lo que era, una extranjera recién llegada.

Poco después a Almudena la cambiaron de escuela. Su madre recomendó la escuela integral a nuestro padre, y ahí fuimos. Las aulas colindaban con un bosque, al que nos dejaban ir en los recreos. Fue entonces cuando empezamos a compartir clase con hijas e hijos de exiliadas políticas de todas las dictaduras latinoamericanas. Gente que había podido huir, salvarse. Éramos las hijas y los hijos de una especie de élite intelectual de izquierdas uruguaya.

Madres como la nuestra, con un pasado político. Mujeres feministas, más y menos reconocidas. Siempre surgían amistades parentales, o esa sensación nos daba. Tenían mucho para contarse, muchas vivencias comunes. Nosotras entendíamos el contexto, pero nos adaptábamos a las decisiones y percepciones adultas.

Fue ahí donde nos conocimos todas, donde se gestó el grupo. Las seis éramos hijas del exilio, de la huida, de la crítica a la crítica. Coincidíamos en clase y fuera de ella, ya que nuestros padres se reunían semanalmente. Actividades culturales de uruguayas exiliadas. Recaudaciones de fondos para presos políticos uruguayos. Conciertos. Fiestas. Siempre había una excusa para celebrar que estábamos vivas.

A mamá le gustaba organizar estos encuentros en los pocos ratos que tenía entre trabajos. Papá era más sociable. Las veces que las celebraciones eran en casa, él era el anfitrión. Recibía a las visitas. Hablaba. A papá siempre se le ha dado muy bien hablar. Contar cuentos, inventar historias y narrar relatos. Mamá teorizaba sobre los hechos. Era la parte racional de la pareja. Recuerdo un encuentro festivo, donde ambos terminaron muy alegres. Tenían las mejillas rojas y no paraban de hablar. Mamá no quería salir a bailar. Así que papá nos iba sacando de una a una a nosotras. Mientras, las otras dos imitábamos. Era un juego muy divertido, éramos parte de la vida adulta sin realmente serlo.

Volvieron a discutir como a nosotras nos gustaba. Los temas cambiaron y cada vez entendíamos más. A veces, Marcela y yo les imitábamos, pero nos peleábamos por hacer de papá. Al llegar de la escuela siempre nos preguntaban qué estábamos descubriendo, eso las veces que estaban en casa. Trabajaban incluso más que antes, sobre todo mamá.

Aprendimos rodeadas de naturaleza y sobre la naturaleza. Haber hecho secundaria en una zona donde el ambiente tenía tanta relevancia me influyó toda la vida. De hecho, terminé estudiando veterinaria, rodeándome de veterinarias, y conectada con el mundo en el que vivo durante toda mi vida laboral. En la escuela también nos enseñaban a conectar con el cuerpo, a sentirnos y hacernos sentir. Conocíamos la flora y fauna del entorno y entendíamos que era parte nuestra.

Quería entender cómo funcionaba el mundo desde lo más básico. Somos animales y quería descubrir por qué. Comíamos algunos animales, otros los cuidábamos. Había tantas normas sociales sobre la naturaleza que no entendía. Acciones permitidas y otras que hacían sentir asco o rechazo. Había tantos marcos que me perdía en el qué se debía y qué no se podía. Por eso prefería siempre preguntar.

Son aprendizajes que llevo conmigo. Realmente creo que todo lo adquirido se queda dentro. Hay una niña en mi interior que sigue saliendo. Me dejo llevar. Quizás como reafirmación de mi rebeldía decidí desligarme del control. Que pase lo que tenga que pasar, pero no quiero vivir con ataduras. Mamá siempre me ha dicho que me parezco más a mi padre, dando cháchara allá donde vaya. A momentos me apetece estar sola y me refugio en mí misma. Pero me gusta conocer. Me da curiosidad lo que está fuera de mi control, así que no pretendo tenerlo sobre nada, así todo me motiva más.

Esto durante toda la adolescencia fue un problema. Mamá nos dejaba ser, pero a veces yo era demasiado. Siempre me dio esa sensación, como si no se terminase de creer que pudiera llegar a asentarme. De hecho, puede ser que nunca lo llegué a hacer. Tengo raíces en España y en Uruguay, y no pretendo elegir entre ambos territorios. Tengo muchas casas que quiero cuidar y comunidades a las que siento pertenecer.

Supongo que busco protección sin admitírmelo a mí misma. Admitir la interdependencia sin llegar a reivindicarla. Una especie de manifestación de la importancia de compartir la libertad. Encontrar así brazos afectivos que me arropen cuando el frío viene de fuera.

ternura propia

cierro ciclos.
perdono.
digamos que fue a los 10 años
(por escribir un número redondo)
cuando me desdoblé.
existen dos yo mismas dentro de mí:
una adulta
y una niña.

mamá no tiene la culpa
de no ajustarse a los cánones impuestos.
y yo no tengo la culpa
de haber esperado más de ella.

toda mi vida
mi yo adulta ha sido autoritaria y sobre protectora
marcando límites,
castigando y reprimiendo
a la niña que vive en mí.

ya no tengo miedo
a que entren,
a mostrarme vulnerable,
a ser herida.

no ha sido hasta 10 años más tarde,
que he encontrado las herramientas para cuidar
a esa niña que habita en mí.

entender sus lamentos,
sus miedos.
abrazarla y contenerla
desde una adultez amable y tierna.
preparada para querer y ser querida.

cierro ciclos.
le perdono
y me perdono.
me sacó a la niña de dentro
he aprendido a cuidarla/me con ternura.
y ahora no espero menos de mis relaciones
que cuidados y redes.

Capítulo 3. Mesa

Marcela sacó la bandeja del horno y la depositó en la mesa de madera, encima de la tabla que todavía guardaban de Ecuador. Les entraba luz del gran ventanal, el comedor era lo suficientemente amplio como para que entrasen todas con espacio aunque a distintas alturas, ya que faltaban sillas. La cocina y el comedor eran el mismo espacio, separados por una pequeña isla donde estaban las frutas que Marcela había comprado en la feria el día anterior.

Lidia y Bruna hablaban ahora a sus amigas del rancho que estaban pensando comprarse juntas en Cabo Polonio. Lidia ya tenía uno, que alquilaba de vez en cuando y que suponía una de sus principales fuentes de ingresos y disfrute, pero a ambas les ilusionaba la idea de un proyecto común, un lugar de encuentro para unos días de verano además de ser una forma de apoyar la zona de la playa norte poloniense, en continua defensa por problemas con la titularidad de los terrenos.

—Me acuerdo de nuestras escapadas veraniegas al cabo —decía Marcela—. Fue ahí donde conocí a Adrián, danzando entre las dunas.

Adrián, un médico uruguayo que había conocido veraneando en ese lugar tan idealizado del departamento de Rocha, fue uno de los grandes cambios en la vida de Marcela. Dejó Bélgica y parte de la danza atrás una vez que descubrió que estaba embarazada y que quería construir su futuro con él. La Contradanza montevideana fue su juventud y parte de su historia, que fue dejando ir poco a poco.

Descubrió que podía seguir trabajando a través del cuerpo sin una situación tan precaria como la de bailarina. Marcela es apasionada, se dedica en cuerpo y alma a aquello que le inspira, reconociendo que a veces puede ser arriesgado. Por eso, se siente agradecida de que todo haya ido saliendo tan bien. Y es que en este grupo de amigas varias habían compartido la danza como forma de expresión. La tía de Liliana tenía una compañía en Cuba, a la cual se había unido Marcela en su adolescencia, dejando Ecuador durante varios años.

Fue en un verano que se conocieron Adrián y Marcela. Él solía veranear en el rancho de un compañero. Tenía el pelo largo y rizado. Marcela había venido de visita desde Bélgica. Llevaba un tiempo sintiéndose fuera, con necesidad de volver al hogar. Solo necesitaba un motivo firme para darse a sí misma. Una excusa con la que justificar su asentamiento.

Cuando iban al Cabo Polonio se asilvestraban. Durante unos días, vivían de noche y sobrevivían al día. Sacaban agua del pozo al volver de la playa, se limpiaban la sal y barrían la arena del rancho. Marcela hacía buñuelos de algas con las que recolectaban a lo largo de la mañana. Traían la harina en el francés, el gran camión rústico que atravesaba las dunas para poder llegar al pequeño pueblo perdido en un cabo de Rocha.

Cenaban siempre en el pequeño restaurante que había empezado un amigo de Lidia. A cambio fregaban todo al cerrar y ayudaban con la apertura del bar nocturno. El lugar se transformaba y ellas estaban orgullosas de ser parte de esa transformación.

Fue en estas dunas, en un paseo que terminó en danza, que Adrián y Marcela conectaron. Tras una fiesta salieron a dar un paseo. Ella encontró ahí un motivo para quedarse.

Con el paso del tiempo todas fueron dejando de ir, aplazando las visitas. Por pereza o por falta de tiempo, aunque Lidia siempre mantuvo sus vínculos. Su hermana estuvo un tiempo viviendo ahí, nació su sobrino, que empezó a ir a la escuela rural autogestionada que habían montado. Iba todos los meses. Por eso, cuando pudo comprar el rancho con unas amigas, no se lo pensó.

—Han cambiado mucho las cosas. Antes podíamos simplemente subirnos haciendo dedo a un camión, como aquella vez que fuimos entre cerdos y hielos. Nos aventurábamos y sentíamos que todo era seguro porque teníamos un lugar al que llegar, una casa. —Reflexionaba Liliana, recordando lo que implicaba la aventura en su juventud.

Vivir en censura hacía apreciar de otra forma la libertad, la capacidad de elección. Entrar a la vida adulta había sido ocupar su propio espacio, el que les había sido arrebatado en la adolescencia, a nivel personal y político.

Para emprender su primer gran viaje, Bruna vendió sus patines para ir a Atacames, en la provincia de Esmeralda. Esta región era conocida por los naufragios de los barcos de esclavos, la memoria histórica de la opresión vivida años atrás se podía percibir todavía. Aprendieron mucho. Muchas preguntas para poder saciar una curiosidad multiplicada por seis. Una vez llegaron al destino, fueron ganándose el dinero en pequeños laburos allá donde pasaban. Era vivir en el día a día, teniendo un lugar al que volver si algo salía mal.

Al terminar la carrera, decidieron cruzar a la costa pacífica chilena en bus. La idea era terminar llegando a Santiago, donde sus padres les habían pasado contactos de los años del exilio. Era un grupo grande, de unas diez personas, que se iba separando por tramos, al no quedar siempre lugares en los buses. Consiguieron atravesar los Andes y llegar a la población santiagueña, pero tardaron todo un verano en ir, quedarse diez días y volver.

Comprendían que en su juventud había un límite implícito, un sentido de la contención intrínseco a la realidad que les había tocado vivir. Sentían que sabían dónde parar, eran sensibles al riesgo y sabían detectarlo con facilidad. El peligro siempre se percibía como algo lejano, que cuando las rozaba las hacía parar y pensar.

—¿Puedes traer los vasos, Bruna? —Marcela continuaba poniendo la mesa. Isa sacó la limonada que había traído de casa. Una vez que toda la cubertería, desigual y muy artística, estuvo dispuesta en la mesa, empezaron a repartir la comida.

El ruido de la vajilla contra la vajilla, al servir las verduras provenientes del pequeño huerto que tenía Marcela en el fondo de su casa, se mezclaba con el ligero murmullo de las conversaciones individuales que se estaban teniendo. Plato a plato, la bandeja se vaciaba. Mientras, descubrían que Lidia había vuelto a trabajar de forma estable, aunque seguía impartiendo clases de danza.

Liliana, Lila como la llamaban todas, había dejado finalmente París, y ahora se disponía a descubrir dónde deseaba vivir los próximos años. Tenía varios proyectos en mente, pero por ahora había comenzado una etapa de *Workaways* y distintos trabajos. Isa todavía estaba recuperándose, aunque finalmente se había asentado y estaba lista para volver a agarrarle el gusto a vivir. Almudena se había asentado en Buenos Aires, y paseaba por Montevideo como turista vacacional. Bruna, poco a poco, se acercaba más al sueño privilegiado de muchas migrantes del cono sur en España, poder huir continuamente del invierno, pasando mitad de año en cada continente. Marcela disfrutaba del nido vacío, de poder compartir el hogar con Adrián sabiendo que sus hijas volverían cuando quisieran volver.

Se pusieron al día. Resumieron sus últimos años de vida en unos minutos. Nunca había un silencio, ya sea porque algún tema de conversación surgía o porque la música de fondo, que siempre sonaba en casa de Marcela, evitaba que eso pasase. La música también había sido un elemento compartido. En la adolescencia, Bruna y Lidia habían formado un grupo. Tocaban en bares con unos compañeros de clase. En algún momento grabaron en cinta una canción, pero ya ninguna la recordaba.

La mayoría bailaban. Siempre quedaría la música como conversación, en mayor o menor medida. Mover el cuerpo era una forma de sanar. Se interrumpían unas a otras y volvían a empezar. Los platos tardaban en vaciarse ya que varias conversaciones se mantenían simultáneamente. Sus movimientos eran un baile en sí, una coreografía donde todo parecía tener un sitio al que ir, una motivación para cada movimiento. A todo podía atribuírsele un significado.

que llueva

llueve,
relampaguea
y truena.

se ha retrasado el verano
y no hay forma de predecir el tiempo.

marcho con una sensación rara.
soy ajena
a todo.

me cuesta encontrar materialidad.

se me llena la boca
de hablar de raíces
porque mi tronco está siempre tambaleante.

no me sostengo.
no me sostienen.
no sostengo.

nada es sostenido en el tiempo.
tomo empieza y acaba.
una y otra vez

mientras
sigo sin saber abrazar la incertidumbre.

no puedo no saber el tiempo
que va a hacer mañana.

y no recuerdo
el tiempo que hizo ayer.

Capítulo 4. Marcela

Creo que desarrollé una intolerancia a la lactosa por la cantidad de leche que ingerí en mi primera infancia. Es muy probable que mi cuerpo pidiese así la sensación de cuidados maternos. Soy de las que piensan que todo está interrelacionado. Bueno, no sé si todo, pero mis intolerancias sin duda. Mi cuerpo me habla, me indica qué me va a hacer bien y qué no. Yo simplemente lo escucho. Siempre intento que las mujeres de mi alrededor también se escuchen, que nos han metido muy dentro el cuento de que calladas mejor, y aún más si es con nosotras mismas.

Quizás es por eso por lo que no pude dedicarme a algo que no implicara al cuerpo. Bailar siempre ha sido una forma de expresión, más allá de un trabajo. Siempre me he sentido flotante, un ser volátil. Hablar sin palabras, a partir de mi movimiento. Es mover las energías. Me retuerzo, notando la necesidad de levantarme, de estirarme. De ocupar todo el espacio que nunca ocupé. Gritar sin decir nada coherente. Chillar sin la intención de emitir sonido alguno.

Ahora estoy recostada sobre la arena, viendo el amanecer y mirando a ratos a Julia, mi primera hija, que parece hecha para vivir en el agua. El viento que corre me enfría y me revuelve el pelo, cada vez más rizado y canoso. Toco con las manos la arena, agarro un puñado y lo veo caer. Gracias al aire, el recorrido de los granos es prácticamente horizontal. De fondo escucho a las distintas aves que aprovechan la madrugada para explorar lo que el mar había arrastrado a la orilla. A veces, lobitos marinos perdidos por las tormentas. A veces, tortugas. Cada vez animales más diversos varan en la costa de Rocha. Sin duda el ciclo de la vida puede llegar a ser duro de observar, y más si le sumamos los cambios ecosistémicos acelerados que nos están tocando vivir.

Miro el horizonte, el oleaje me relaja. Es una forma casi hasta de meditación. Cierro los ojos y huelo el mar, escucho el mar, toco la arena que está en contacto con el mar. Siento que ese oleaje me lleva con él, haciéndome sentir ligera, fluida. El movimiento siempre me ha atraído. Probar, cambiar, caminar, simplemente moverme. Las personas son mis raíces a tierra, mis anclajes a puerto firme.

Cuando era adolescente, dejé a mis padres en su exilio en Ecuador, dejé a las amistades que había hecho en ese momento, para bailar en una compañía. Poco a poco me hice paso en ese complicado mundo profesional de la danza. Probé una posibilidad de futuro, que finalmente no escogí. Al menos tuve la oportunidad de decidir. Desde los 15 hasta los 20 seguí en esta compañía de danza, hasta que decidí estudiar Psicología y retornar a mi patria natal, volver a Uruguay. Fue un gran acontecimiento. Había estado tres años sin ver a mi familia, unos cuantos más sin habitar mi casa, sin habitar una casa.

Volví con otra forma de pensar, otra mirada hacia el mundo. Y el mundo me recibió con otros ojos.

A la vuelta comenzamos con Contradanza, entendiendo el poder político del arte. Todavía mantengo esta perspectiva. Siento con todo el cuerpo, por dentro y por fuera. Julia está saliendo del agua, así que preparo la toalla para envolverla. Se acerca despacito, mostrándome con sus temblores el frío que supone un baño en el alba. Llega, y mientras la froto, sigo pensando en este pasado que forma parte de mi presente.

Y es que, finalmente, el camino académico tampoco estaba hecho para mí. No pude terminar la carrera, pero porque me salió la oportunidad de ir a otra compañía en Bélgica. Exploré otras perspectivas de la danza contemporánea. Nuevas relaciones con el cuerpo. Fue ahí donde comencé con la *técnica Alexander,* el arte del movimiento estático, la importancia de la postura y de cómo realizamos las acciones cotidianas.

Comencé a trabajar con otros cuerpos que no fuesen solo el mío. También descubrí el *Shiatsu*. Una forma de masajear, de cuidar el cuerpo, entendiendo los puntos de energía y aplicándolos en tu favor. Aprender a tocar, a mirar, a conectar de otra forma.

Julia se sienta a mi lado. Disfrutamos mucho estas escapadas a Rocha, el departamento costero en el que tenemos una casa, que cada vez se amplía un poco más. El rancho es de madera, está entre pinos y dunas, tan comunes en la zona. Cuando Adrián comenzó a construirla siempre le decía que parecía una gran casa del árbol. Julia se revuelve, sacándome del ensimismamiento. Apoya su cabeza en mi hombro, mientras intenta jugar con la arena como me ha visto hacer a mí. Concentrada.

Hace pocos años que decidí finalmente estabilizarme en Montevideo, cuando me enteré de que estaba embarazada. Nunca pensé que la maternidad sería algo que encauzara mi vida, que me bajase los pies a la tierra. A mi madre se le *estrujaron las vísceras* cuando a los quince me fui a la Cuba de la revolución a bailar, ahora más que nunca entiendo ese remolino de emociones y miedos. Algo se apropia de mi cuando veo a Julia entre las olas, y Oto, el segundo hijo que espero, se remueve dentro de mí, avisándome de que no puedo protegerles de todas las adversidades que vendrán. Y que está bien así.

Así que, como la mar serena, observo, alerta, pero en calma. Este ha sido mi estado durante los últimos años. Aceptar lo que me venga y hacer lo que pueda con las herramientas disponibles.

Quiero mucho a mi hija porque decidí tenerla. En el mundo de la danza pude observar cómo los embarazos, los cambios bruscos en el cuerpo, eran una lastra. Había que evitarlos a toda costa. Eso intentábamos hacer todas, pero a veces no estaba en nuestras manos. O no teníamos la información suficiente para prevenir que esto sucediese, o no teníamos el poder para que se respetase nuestra negativa, o para que se nos permitiese expresarla.

Aunque Uruguay fuese un país laico en la historia del siglo XX, no se terminó de despenalizar el aborto hasta el año 2012. En contexto post dictatorial se ponían sobre la mesa otras prioridades. Lo cual no sorprendía a nadie, ya que el cuerpo de la mujer no estaba considerado un debate político de relevancia. El contexto me obligó a ver a amigas cercanas recurrir a métodos peligrosos e ilegales. Todas sabíamos de historias, todas conocíamos a aborteras, pero cuando llegaba el momento de buscar activamente a alguien, nadie sabía nada. Era un tabú reconocido.

Para mí este debate transformó mi concepto de la maternidad. Quería elegir ser madre y dedicarme a ello, sentir la decisión un privilegio. A veces me peleaba con Bruna porque ella no me entendía. Mamá tampoco. Mi plenitud era compartida. No la quería para mi sola. Sé que el mundo era más fácil así, pero no tenía ganas de luchar contra la imposición. Pero sí consideraba que, dentro de mi decisión, debería haber existido la posibilidad de decir que no. De hecho, tardé en descubrir que podía decir que no. Nadie me enseñó que estaba permitido. Decir la palabra, expresar la negación. Creía que solo podía evitar que me hiciesen las preguntas, evadir la situación de tener que responder. Ahora sé que tengo el derecho de negarme, que todas lo tenemos, aunque no quieran que lo sepamos.

Por eso soy una experta en dejarme llevar y escabullirme por los rincones cuando quiero cambiar de corriente. Busco siempre motivos para apreciar dónde estoy, dónde me ha tocado estar. Bruna me pelea llamándome conformista. Me parece injusto. Es cierto que tengo tendencia a aceptar lo que la vida me propone. Aun así, me gusta atreverme a explorar arroyos lejanos, rutas que, si me quedase inmóvil, pasarían desapercibidas.

peligro por inundaciones

estoy desbordándome.
siento como el aire se me escapa de los pulmones
y ni mi nariz ni mi boca
tienen la fuerza suficiente
para que vuelva a entrar.

me estoy ahogando
y se sigue sin notar.
me podría morir ahora mismo
que pillaría de sorpresa.

¿por qué estamos todas tan mal?
y encima aisladas
cuando yo lo que necesito es gente.
ruido,
mucho ruido fuera,
para callar el crudo silencio de dentro.

Capítulo 5. Sobremesa

Cuando interrumpían la conversación se escuchaban los pájaros y un rumor de tambores de fondo. Era domingo, así que a ninguna le extrañaba el sonido del candombe del barrio. La casa de Marcela está rodeada de verde que en primavera se tornaría rosado. Las plantas se movían con el vaivén del fuerte viento. De vez en cuando, junto a la lluvia, caía alguna hoja.

La mayoría son madres, de una, dos o hasta tres niñas. Algún niño también. Pareja en la crianza no han tenido todas, aunque siempre han podido acompañarse entre ellas, por mucho que viviesen en cada punta del mundo. De hecho, recurrentemente lamentan no haber podido compartir esta experiencia de maternidad más cerca, hay tantas vivencias comunes que incluso hablar de ello ahora les supone un gran respaldo, un fuerte sentimiento de comprensión.

Muchas se reconciliaron con sus madres cuando sus hijas e hijos empezaron a crecer. Entendieron la imposición de los sacrificios, el mandato de la culpa. Una elección a veces no tan elegida, porque no puedes rechazar lo que parece el ideal de vida. La soledad en la crianza, el no saber pedir compañía ni entender el por qué la responsabilidad caía sobre ellas.

Fue Lila la que sacó la botella de vino francés que había conseguido colar en el avión. Todas rieron, recordando. Movieron los platos a una esquina. Almudena se iba a levantar a dejarlos, pero terminó trayendo lo que quedaba de comida, por si alguna se había quedado con hambre.

La última vez que habían podido encontrarse al completo había sido hacía poco menos de 10 años. En ese momento, Almudena acababa de tener a su hijo. Pero no sentía ese sentimiento de maternidad que creía que había que tener. Se esforzaba, cuidaba, pero seguía teniendo la impresión de que lo estaba forzando. Fue un encuentro emotivo, donde todas pusieron de manifiesto cómo se habían sentido como mujeres en la entrada a la adultez consolidada. Qué responsabilidades se esperaban de ellas por su socialización, a cuáles estaban dispuestas a adaptarse y a cuáles no. Y festejaron su edad, festejaron el crecer juntas, festejaron su sororidad y se festejaron a ellas mismas.

Isa le ayudó mucho en esta etapa. Ella había decidido que la maternidad no estaba hecha para ella, o no por el momento. Aun así, dio todos sus cuidados a Almudena, sabiendo escucharla, con paciencia. Poco a poco pudo librarse de la culpa de no sentir lo que ella misma se había impuesto. Entender que las expectativas venían de fuera.

Sirvieron las copas. La comida no se había acabado, pero no tenían más hambre y, poco a poco, se fueron trasladando de la mesa del comedor al salón, acomodándose en el espacio. Recogían la vajilla, la dejaban en el lavadero, ya que Marcela seguía resistiéndose a comprar un lavaplatos, agarraban su copa y buscaban un huequito en algún sofá. Estaban todas juntas, en contacto, tres en un lado del sofá y tres en el otro.

Las copas eran todas distintas. Marcela se acercó al reproductor de música. Mirando los CD, eligió un disco de Rodolfo Aicardi y, al ritmo de *Cariñito,* volvió al sofá bailoteando. Hablaban, hablaban y hablaban. La distancia física que las separaba largas temporadas hacía que los momentos de encuentro fuesen especialmente intensos, de mucha cercanía emocional. Y es que todas entendían que era en estos momentos donde se reafirmaba el fuerte lazo que las unía a pesar de los años y kilómetros.

—¿Cómo va la escuela de danza, Lidia? —Hacía poco, Lidia había empezado, en sus ratos libres, a organizar la escuela en la que tanto ella como Marcela impartían alguna clase. De hecho, Marcela a veces cedía la sala grande y con espejos de su estudio de Alexander para encuentros y clases especiales.

—Poco a poco. Estamos intentando diversificar, traer nuevas personas, pero no siempre sale. Al menos estoy ilusionada.

—Sabés que podés pedirnos ayuda siempre.

—Gracias. Es un proyecto en el que quiero invertir tiempo. Vamos probando y siempre hay un poco de incertidumbre, pero sé que tengo fuerzas para dedicarle.

—Además, ahora me tienen a mí dando vueltas para alguna buena idea. —Dijo riendo Isa. Hace meses que le empezaron a insistir que sería una buena idea para reconocerse. Efectivamente, así había sido. Conectaba más con su cuerpo y se sentía más ligera al moverse.

—Qué alegría ver que comparten tanto tiempo y a la vez qué pena no poder estar acá para vivir la cotidianidad así. —Se lamentó Bruna, que cada vez pasaba más meses en Uruguay. Lidia, que estaba a su lado, apoyó la mano en su pierna y la abrazó.

—Realmente esto ha sido los últimos meses. Precisamente solemos estar tan inmersas en la cotidianidad que no sacamos momento para vernos. También es la ilusión de que salgan cosas nuevas.

Así funcionaban todas, por proyectos, por intereses. Siempre en busca del estímulo, de la novedad. Fueron y serán mujeres libres, a las que ver las ataduras les hacía querer volar, moverse. No había arraigo a tierra, aunque todas terminasen volviendo al concepto de patria.

—¿Y tú? ¿Qué plan tienes en mente?— Preguntó Bruna a Lila. Que fuera a dejar París significaba un nuevo comienzo, y nunca se sabía qué esperarse de los proyectos a futuro de Liliana. Su ámbito de acción era amplio. Licenciada en Biología, comenzó estudiando a los delfines de la costa pacífica. Esto fue hasta que volvió a Ecuador. Ahí comenzó a dar clases en una escuela. El gobierno la contrató para su plan de rehabilitación de determinados barrios de Quito. Tuvo tanto éxito que acabó montando una librería. Después, una galería. Se asentó. Y estos son solo algunos ejemplos de las vueltas que dio su vida.

—Quiero volver a conectar con las manos, con el trabajo propio. Me estoy tomando unos meses de inestabilidad y luego elegiré dónde quedarme. Tengo ahorros y no tengo casa. A Ecuador sé que no quiero volver, a Chile todavía tampoco. Quizás quedarme por Francia, España, trabajar un poco y decidir según las experiencias que viva. —Una etapa había terminado y tocaba empezar otra.

Las copas ya se estaban acabando. Terminaron de recoger lo que les quedaba sobre la mesa. Se levantaron para traer los platos pequeños y las cucharitas. Marcela ofreció café e infusiones. Isa trajo el postre que había hecho en casa para convidar a todas. Poco a poco fue sirviendo a cada una. Se apoyaban en la mesa baja del salón, entre periódicos y revistas. Comían y seguían hablando, ahora con la música elegida por Marcela de fondo.

Mientras disfrutaban del dulce, se empezó a escuchar el murmullo de la lluvia, que volvía a caer afuera, con un goteo intermitente. Los cristales se llenaban de agua y mirar al exterior era casi hipnótico. El ruido hizo que el volumen de la conversación fuera subiendo. Tenían muchas cosas para decir y otras tantas para escuchar.

sures

¿es todo tan amarillo
o es que es otoño?

no sé,
solamente es miércoles.

hace sol
y yo solo quiero que llueva,
que nos llueva.

que estoy demasiado fría
pa tanto calor

y eso que soy del sur.
del sur del norte.
y del sur del sur.
con todo lo que implica.

hace días que me lloro
y en las danzas me abrazo.

me sale solito el acariciarme.
he soñado varias veces con tus dedos en mi espalda.

quizás es por el agua que está tan sucia
que nunca termino de sentirme limpia.

se me fue la pureza.
ya no soy capaz de engañarme a mí misma

y entiendo a todas las que se alejaron.
conseguí legitimas sin deslegitimarme.

Capítulo 6. Almudena

Ella pudo haber sido mi primer amor. Es más, quizás fue la primera imagen del amor que tuve, el primer arañazo a las entrañas. Me dedicaba a observarla. Siempre ha tenido una fuerza interior muy grande. Me sentía protegida a su lado, arropada. Siempre he sido una persona inquieta y ella me serenaba.

En Quito vivía en un décimo piso, lo que me parecía una torre. Un lugar de cuento donde crecimos, donde dejamos, poco a poco, los juegos. Nos conocimos nada más llegar a Ecuador y coincidimos varias veces más. La vida se empeñaba en juntarnos.

Veíamos muchas películas juntas. Nos sentábamos en su sofá y comíamos mientras veíamos el televisor. Sentadas codo con codo. Nos turnábamos la elección de la película, aunque a ella le solía dar igual. No hacía falta manta, el frío era algo raro. Nos gustaba estirar las piernas por encima de la mesa. Nos comunicábamos con los dedos de los pies. Habíamos creado un lenguaje de señas y roces.

En su cuarto tirábamos la manta al suelo y poníamos las piernas en la cama. De esta forma, el póster que tenía en la habitación quedaba dado vuelta. Nos gustaba imaginarnos formas del revés.

Isa y yo pasamos gran parte de la adolescencia juntas, con una hermandad que siempre nos caracterizó. Nos queríamos tanto que no sabíamos ponerle palabras a lo que nos pasaba. ¿Qué debemos sentir y qué no? Nadie nos explicó, así que yo no busqué respuestas. Estábamos continuamente pendientes una de la otra. Todos los días nos veíamos, aunque fuera para dar un paseo. Conocía su cuarto como si fuese el mío. Cuando no estábamos juntas pensaba en qué haríamos cuando nos viésemos, en cómo nos abrazaríamos, en qué me contaría.

Tardamos mucho en entender y para entonces, ya era tarde. Hubo muchos momentos de confusión, de palabras ocultas, no dichas. Cuando me empecé a dar cuenta de lo que pasaba me encerré en mí misma. Como siempre, se juntaron muchas cosas y me replegué para dentro. Estar con ella me daba tranquilidad, me ayudaba. Era una forma de aclararme la mente, de dejar de pensar.

—Carlos me ha besado —dije, mientras me deslizaba por la barandilla de las viejas escaleras. Estábamos en la parte baja de mi edificio.

Habíamos quedado con Marcela y Bruna y, como siempre, nos quedamos hablando ella y yo un rato más. La había notado rara, así que quise romper el hielo. Isa me miró, sin saber bien cómo responder. Sin entender el porqué, el cuerpo se le empezó a encoger, y tuvo que apoyarse en la pared para buscar estabilidad.

—¿Cuándo?

—Ayer, después de la fiesta. —Podía ver cómo Isabel no entendía qué le pasaba. Sentía una sensación de agobio que aumentaba con el tiempo. Y me lo contagiaba. Lo único que podía hacer era mirarla, intentando descifrarla. Si era una buena noticia o no, yo tampoco lo sabía —Es lindo, ¿no? A lo mejor le vuelvo a besar.

Ambas sabíamos que mi voz sonaba vacía, carente de emoción. No había un sentimiento detrás de lo que salía de mi boca. Hacer por hacer. Decir por decir.

Isa salió corriendo a la calle. Yo tampoco aguantaba un segundo más en ese portal oscuro. La conversación me embotaba. Las escaleras de madera y el ascensor antiguo que no paraba de hacer ruido me exasperaban. La mezcla de olor a polvo, humedad y productos de limpieza se había vuelto insoportable.

Al salir empezamos a notar cómo caían las gotas de agua del chaparrón propio de esa estación del año. El otoño se dejaba entrever con suelos llenos de hojas y una lluvia intermitente. Sin embargo, los colores de Quito seguían siendo cálidos. No había gente en la calle. Isa se permitió acompañar al cielo con sus lágrimas. Siempre huyendo.

El dolor que sentíamos era prueba de que algo estaba mal, pero no nos atrevíamos a ponerle palabras. Hablarlo suponía reconocer lo que pasaba, y ninguna tenía la valentía y seguridad suficiente.

Me metí aún más en mí misma, sintiendo una fuerte culpa al no saber decir lo que realmente quería salir de mi boca. Me mentía y no me daba cuenta hasta que le mentía a ella. Dependía de su reacción para evaluar si lo que hacía estaba bien o no. No nos estábamos haciendo bien.

Yo no sabía que días después ella volvería a Nicaragua, lugar donde ambas habíamos coincidido. Yo no sabía que esos años en Quito, que tanto me habían marcado, estaban a punto de acabarse. Simplemente yo no sabía.

Meses después me encontré con que no podía dejar de pensar en ella. Bailaba sobre mi cabeza como si de un escenario se tratara.

¿Llegaría el día donde no la tuviera presente? Era consciente de que había construido mi persona en función de cómo me sentía a su lado, cómo habíamos crecido juntas, madurado. Había sido mi compañera del alma, mi rutina en el día a día. La distancia física dolía.

Pasaba el tiempo. Tardó mucho en contestarme a las cartas. El silencio me desesperaba, aunque sabía que hasta que no se hubiese asentado no había nada que hacer.

No podía evitar sentir que no era justo, que ella estaba haciendo su vida y yo me estancaba en el pasado, en frases condicionales imaginando futuros que ya nunca pasarían. No podía pasar de página si no quería olvidarme del libro.

Lo procesé poco a poco hasta que me atreví a ponerle palabras. Hablé mucho con Lila, que me miraba siempre con cara de comprensión, de que ya lo sabía y era yo la que no me había dado cuenta desde el principio.

Pudimos escribirnos. Reconocernos que algo había pasado, pero dejarlo en un algo. Eso permitió que cuando nos volvimos a ver en Montevideo las emociones ya se habían asentado. El tornado que había dejado con su partida se calmó. Nos cubrió una mirada adulta que se quedó en nosotras para siempre. Los años habían pasado. Había deseos demasiado complejos de materializar, así que ninguna de las dos lo hizo.

Fue un duelo no expresado, pero por las miradas cómplices ambas sabíamos que estaba ahí. Supongo que ella también tuvo que procesar. Aceptar y aceptarse. Realmente no lo sé, nunca llegamos a hablarlo en persona, a indagar.

A día de hoy, a veces, me siento fuera de mí misma. Me ahogo en un charco de agua. El sentir no conocer patria ni tierra, vivir en las ideas, me obligó a querer conectar con el cuerpo. Pero el baile no es suficiente para abstraerme del remolino que siento dentro. De hecho, el baile quizás es la forma de materializar ese tornado que me inunda de vez en cuando.

Después de Ecuador, ya en el 86, con la dictadura derogada, tomamos vuelta a Montevideo. Seguí bailando ballet, porque necesitaba esa conexión con mi cuerpo. Sin embargo, no podía acabar fuera de la academia viniendo de una familia académica, así que empecé a estudiar Historia. Fue eso también lo que me acabó llevando a Buenos Aires, donde recomencé. Conocí al que fue mi marido, con el que tuve a mi primer y último hijo. Un hilo a tierra, un amor y una estabilidad de la que sigo agradecida.

Entender el contexto de donde todas partimos me parece esencial. Somos hijas de exiliadas. No pasamos parte de nuestra infancia y adolescencia bajo represión por suerte y esfuerzo de nuestros progenitores. Lo que no se habla tanto en los libros que estudié sobre el estallido dictatorial latinoamericano es la importancia de las redes en el exilio. El conectar con vivencias similares, para esperanzarnos y ofrecer esperanza a la resistencia del país.

En Buenos Aires me construí lejos de mi familia y mis amistades. Mi historia con Isa es una de las tantas cosas que no me paré a pensar. Actuando por impulso, dejándome llevar por los miedos. Es lo que pudo haber sido, pero no fue. Ahora nos reencontramos y todo quedó en anécdotas, en un enamoramiento entre amigas como tantos otros. En cruzarnos cuando me quedo de visita, siempre en casa de Lidia.

Y es que siempre he pensado que algunas amistades entre mujeres son enamoramientos. Relaciones afectivo-románticas, una proyección a futuro con proyecto común. Una pena que nosotras nos quedamos en el paso previo y una suerte saber que ya no tiene que ser así.

Nunca nos atrevimos realmente a darnos una oportunidad como pareja, quizás era lo mejor. Querer es complejo y tiene muchas formas. Jerarquizamos demasiado, necesitamos estructuras hasta en el amor. Si no es cuantificable, medible, parece que vale menos, que no importa tanto. Yo no estoy de acuerdo. Prefiero preocuparme por otras cosas, no medir cuánto quiero o cuánto me quieren. O lo que es lo mismo, cómo quiero y cómo me quieren.

Así que me dedico a tener la cabeza ocupada. A atarearme. Cuando vengo a Montevideo, Lidia me prepara itinerarios de actividades que sigo con gusto. Visitamos la Ciudad Vieja, tomamos un café en el mismo local siempre y, a partir de ahí visitamos galerías, exposiciones y todas las novedades de la capital. Me lleva unos días al Cabo Polonio, a veces recorremos el interior del país. Todo con mi auto, Lidia siempre se negó a comprarse uno.

Una de las últimas veces que vine fuimos a Tacuarembó. A ambas nos había marcado el libro y la posterior película, *Miss Tacuarembó*. No conocíamos la realidad del interior del país, aunque nuestros abuelos tuviesen sus orígenes en el lugar.

Visitamos la Iglesia después de escuchar las canciones de la película en el pequeño hostal en el que nos quedamos. Al salir, caminando por las calles donde a penas transitaban vehículos, no podíamos parar de canturrear, *"Señor, me has mirado a los ojos. Sonriendo, has dicho mi nombre".*

Nos sentamos en la plaza central, mirando la gente pasar. Era finales de verano, por lo que la temperatura era agradable. Nos divertíamos imaginándonos la vida de las personas que pasaban, los lazos que les unían. Un señor mayor con su nieta, ambos dando saltos mientras tarareaban una canción infantil. Dos jóvenes que caminaban del brazo, hablando entre confidencias. Lo que parecía una madre con sus dos hijos, estresada, regañando mientras hablaba por el celular.

También nos dedicamos a mirar el cielo, a imaginar formas. Un azul radiante de fin de estación, con nubes que daban descanso de un sol que seguía quemando y nos obligaba a ponernos protector.

Hicimos el mismo ritual los cuatro días que pasamos en Tacuarembó. Nunca habíamos ido tanto a una iglesia. Nos daba la sensación de conocernos ya todos los rincones. Teníamos nuestro restaurante de confianza y la tienda de alimentación donde comprábamos los desayunos y las cenas.

Ambas lo sentimos como un retiro espiritual, un respiro del ritmo frenético de las grandes ciudades y la masificación de la costa en verano. Nos prometimos volver a ir. Nunca lo hicimos.

Cuando nos quedábamos sin ideas y no queríamos repetir experiencias nos íbamos al Cabo Polonio. Para mí era un choque muy grande si lo comparaba con Buenos Aires y, a veces, tenía problemas en adaptarme, sobre todo últimamente tenía que hacer el esfuerzo consciente de reconectar.

Lo que más me gustaba era pasear por las dunas. Salir a la mañana temprano, justo después del amanecer y ver a toda la fauna despertarse. Cuando todavía no lo habían tirado me gustaba desayunar en el local que había en la Playa Sur, *Al fin y al cabo*. En verano solía llenarse al atardecer pero durante el año abrían muy de vez en cuando.

Alguna vez vine en invierno. El viento y el frío dejaban menos cosas para hacer. Aun así, volver a casa tenía algo trascendental, casi espiritual, fantástico. Nunca se me olvidará la semana de julio que pasé en casa de Lidia.

Una vez, después de ponerme el abrigo que siempre dejaba colgado en el perchero de detrás de la puerta principal, bajé por una gran cuesta rodeada de altos árboles sin nada en sus ramas, paisaje característico de esta estación. Ese invierno había sido más frío de lo normal.

Todas las hojas, que en otoño habían cubierto las calles, habían desaparecido, dejándolas poco vistosas con fríos colores. A pesar de que las personas con las que me encontraba iban arropadas con abrigos, bufandas y guantes, sentía cada vez más calor. Supuse que estaría enfermando, por lo que no le presté mucha atención. Por el cielo era predecible saber que la lluvia se avecinaba, unas grandes nubes grises no dejaban entrar la poca luz del sol que quedaba.

—Buenos días —saludó un vecino sacándome de manera abrupta de mis pensamientos. Lo miré, a lo largo de la semana me lo había encontrado varias veces. Siempre llevaba una sudadera ancha junto a unos vaqueros ajustados. Ralentizando el paso, me limité a hacer un ligero asentimiento y un amago de sonrisa. Después seguí con mi camino a velocidad normal. Sabía que el vecino era un gran hablador y, aunque no me desagradase, ahora no tenía ganas de mantener una conversación, menos por educación.

Pasé al lado de una casa de la que salía una música instrumental a un volumen tan alto que inundó mis oídos, haciéndome entrar en otra realidad. Prestaba atención a las letras e intentaba encontrar situaciones en mi vida con las que identificarlas.

Llegué a la rotonda principal de la calle y me acerqué a la plaza que se encontraba en el centro. En los arbustos también empezaban a escasear las hojas, dejando ver sus débiles troncos, dando una imagen aún más triste. Aun así, seguía habiendo personas a las que les gustaba dar paseos por el parque.

En los bancos donde solían sentarse las personas de mayor edad a dar de comer a las palomas, divisé una cámara. No tenía ni funda ni dueño, por lo que en principio pensé que su propietaria no estaría lejos. Me levanté y, con curiosidad, me acerqué para poder mirarla mejor. Lidia todavía no había vuelto de trabajar. No tenía nada mejor que hacer, así que me senté en el mismo banco donde se encontraba la máquina. No sabía cómo actuar.

Perdí la noción de cuánto tiempo pasó. Recuerdo que ya no había nada de luz natural, sólo conseguía ver gracias a la poca iluminación pública. Miré la hora. No estaba segura sobre qué debía hacer con la cámara así que me la llevé. No sé qué intención tenía.

Comencé a caminar a paso ligero, con miedo de que empezase a llover antes de llegar a casa. Tropezaba, como siempre que iba rápido, con las partes de la acera que sobresalían. Al llegar al portal me crucé con una señora de mayor edad, parecía que había tenido las mismas prisas que yo por llegar a su hogar seca. Recuerdo todos los detalles.

Como si la tormenta se hubiera estado aguantando, un trueno sonó y la lluvia empezó a caer en cuanto entré al portal. Una vez dentro, empecé a toquetear la cámara. Al entrar en casa, Lidia ya había llegado. Me miró curiosa, pero no preguntó. Nos sabíamos respetar los espacios y yo era consciente de cómo transmitía el ensimismamiento en el que me encontraba.

Al entrar a casa, tras dejar el abrigo detrás de la puerta, me dirigí a la cocina. Lidia me seguía. Sin mucha hambre decidimos terminarnos la pasta que habíamos hecho al almuerzo, calentándola en el microondas y sentándonos en los taburetes altos y viejos que había al lado del refrigerador.

Dejé la cámara frente a nosotras, observándola para averiguar por qué le era familiar la marca o hace cuánto tiempo la habrían comprado. Empecé a relatarle a Lidia la historia, intentando describir mis sensaciones, la pequeña obsesión que sentía renacer en mí.

No quería preguntarme a mí misma por qué estaba haciendo esto, por qué me estaba obsesionando con un objeto que me había encontrado por la calle. Volví a agarrar la cámara con la sensación de que lo que estaba haciendo no era correcto. Intentando dejar de lado estos pensamientos, empecé a apretar los botones sin querer encenderla todavía. Buscando respuestas.

Pasé un largo rato imaginando de quién sería o qué historias habría retratado. Lidia se unió a mi locura. La noche avanzaba y no podíamos parar de inventar cuentos, posibilidades. De pie, junto a al reflejo dal horno, Lidia comenzó a hacer distintas poses. Yo bromeaba con sacarle fotos. Y tras un mal movimiento, la encendí. Hizo el típico sonido, mostrando en la pantalla que antes estaba en negro el logo de la máquina. Nos miramos.

La cámara nos mostró la última foto que se había hecho. Era el banco donde la había encontrado. Con manos temblorosas comencé a pasar los fotogramas. Nos dimos cuenta de que cada foto era de un mes. Había 75 fotos. 75 meses. Más de seis años retratados. Eran fotos de Montevideo. Todas de día. Cada imagen parecía contar una historia.

Esa noche ni Lidia ni yo dormimos. Nos inventamos un relato para cada ilustración. Había algo mágico, extraño, en este encuentro. Pasamos una noche imaginando. Tomé apuntes, hicimos una reconstrucción de la vida de esta persona.

Por el carácter intimista y la atracción que sentimos decidimos que era una mujer. De nuestra edad. Sin hijos ni hijas porque había estado demasiado ocupada descubriéndose a sí misma como para desdoblarse. Quizás simplemente querríamos haber sido nosotras y que una desconocida una noche se encontrase con nuestra manera de ver el mundo y fantasease sobre lo que podría haber sido nuestra vida.

Recogí todas y cada una de las ideas que se nos ocurrieron. Pintamos a la misteriosa mujer como guerrillera, como Tupamaro, como extranjera, como desaparecida, como encontrada, como poeta, como convencional. Le sumamos años, se los restamos, creímos conocerla.

Cuando me fui de vuelta a Buenos Aires me llevé la cámara conmigo. Y empecé a escribir. Me sentía Amélie buscando al desconocido del fotomatón, buscando al dueño de los objetos encontrados en su casa. Y decidí escribir la historia que me hubiera gustado que tuviese la dueña de un objeto tan movilizador.

Fue así como publiqué mi primera y única novela. Que no tuvo mucho alcance, pero que Lidia y yo celebramos y recordaremos toda la vida.

más allá

desearía ser un concepto
y no tener que enfrentar
lo vivido por lo que llamamos cuerpo.

la construcción social
de la materialidad.

no sé si estoy preparada
para reconocer que mis vivencias
forman parte de ese consenso
de violencia,
tabú
y prohibición.

Capítulo 7. El té

El canasto de las infusiones está lleno de frascos de cristal con hojas secas de distintos hierbajos medicinales. Marcela, milenrama, menta. Algunas dulces, otras más amargas. Al sacarlo del armario la sala se inunda de un olor muy propio. El estante donde está se ubica a la derecha de la cocina, entre el lavadero y el frigorífico. Todos los muebles son negros y de madera oscura. La luz entra por el gran ventanal, continuo desde el salón hasta el cuarto de Marcela. Las paredes son color arcilla. A la izquierda está la hornilla, todavía de gas. Debajo el horno.

El agua ya hervida que había sobrado del termo no es suficiente para que todas tengan té, así que Bruna se ofrece a ir por más. Se escuchan los ruidos de la preparación, tiempo después, el agua burbujeando y el silbido que indica que está lista ya. Plato contra plato, cubiertos y vasos, son los ruidos que se unen a la ventisca de afuera.

Bruna vuelve con dos teteras bien calientes, que abre al dejar en la mesa para elegir entre todas de qué iban a querer el té. Una elección que abre la conversación para que cada una exprese sus necesidades y qué le podría venir mejor. En la mesa baja del salón, en torno a la que se han ido sentando, está puesta una bandeja con frutos secos, galletas y alguna pieza de fruta. Y es que con los años han asumido que el encuentro nunca será solo el momento del almuerzo, deben tener reservas para recargar la energía a medida que avance la tarde. En ocasiones, incluso la noche.

El salón tiene tres sofás que apuntan hacia la chimenea, necesaria en los días más fríos e invernales. El techo es muy alto, ya que se puede ver el segundo piso de la casa desde abajo. Hay dos o tres lámparas, repartidas en el espacio. En una esquina, la televisión. A un lado, un gran estante con libros. Encima está la escalera vertiginosa. Al otro, el gran ventanal que se extiende por las habitaciones de la casa. Todo es de colores cálidos.

Una vez todas están nuevamente sentadas, se retoma el murmullo de fondo, cada
vez más alto conforme pasaba el tiempo. Entre sorbos, se vuelven a establecer las charlas
que empiezan y acaban indistintamente. La
lluvia había amainado y los cristales se se-
caban. El viento cada vez menor hacía que
entre las pausas de las conversaciones por
fin se escuchaba el silencio.

En uno de estos espacios, Lidia y Bruna
vuelven a comentar, ilusionadas, sus proyectos a futuro, su ideal plan de vida compartido. Se imaginan la casa de Cabo Polonio y
las tardes de verano bajo el alero. Emocionadas, se dirigen a ese reproductor de música
que Marcela conserva, para elegir el sonido
de las fantasías que cada vez crecen más.
Les gustaría envejecer juntas y tener una
casa compartida podría ser el primer paso.

Almudena apoya la idea, sabiendo que
eso implicará aún más visitas al idealizado
lugar. Luego desconecta de la conversación,
al entrar sus dos amigas en detalles de qué

podrían plantar dentro de la casa y cuánto tiempo poder pasar una vez se jubilen. Sacan uno de los álbumes de fotos de Marcela donde Bruna sabe que se encuentran muchas de las escapadas en los años universitarios a las playas de Rocha. Miran, fantasean, recorren su memoria para seguir ilusionándose.

Hubo un año donde tenían un puesto en la playa de buñuelos y jugos. Los hacían en la mañana y a partir del mediodía se instalaban y los vendían. Se daban paseos entre playa y playa con el carro que habían conseguido. Entre vueltas conocieron a Beto, que al año siguiente las invitó a trabajar en su local a cambio de alojamiento y propinas. Aceptaron sin dudarlo. El sitio estaba camino a la Perla, a la izquierda. Era muy estrecho. Tenía cuatro mesas, una barra y una pequeña cocina. Hacían todo lentamente. Las mesas estaban sobre la arena. Terminó cerrando a los pocos años.

Mientras, Marcela y Lila hablan de sus respectivos hijos y el momento actual en el que se encuentran, recuperando una independencia que se creía perdida y reacomodando el cuerpo a la nueva antigua realidad. Sus trayectorias tienen puntos en común. Grandes cambios, algunos saltos y mucha entrega. Puede parecer paradójico, pero realmente dedican cuerpo y alma a cada uno de los proyectos a los que se lanzan. Entre palabra y palabra, Marcela hasta le ofrece un alojamiento provisional en Montevideo, por unos meses si quiere. Lila tiene ganas de retomar alguno de los proyectos empezados. La galería de arte quedó a medias y del incendio pudo rescatar alguna obra. Quizás Montevideo es un buen lugar donde recomenzar. Sin embargo, un poco le asusta, ya que nunca ha pasado más de unos meses en Uruguay. Además, tiene ganas de recorrer y así se lo cuenta a Marcela, que la mira asombrada. Ella lo que quiere ahora es estabilidad. Ya tuvo demasiados cambios en la juventud y por fin hay motivos para asentarse, razones para quedarse y construir. Así se lo comenta a Lila. Poco a poco, comienzan una discusión sobre sus conceptos de raíces y de estabilidad, sobre las diferentes formas de asentamiento que pueden llegar a concebir.

Ambas se sorprenden, ya que durante toda la vida habían compartido una mirada similar, un sentir que las apegaba entre ellas. Evolucionaron de distinta forma. Aun así, seguían entendiéndose, comprendiendo los respectivos sentires.

Entre este ruido, Almudena e Isa se dirigen a la mesa de la cocina. Necesitan hablar, reconocerse. Sin embargo, tras el último contacto parece que no había nada más que decir. Como dos desconocidas se miran, un poco desconcertadas por la situación. Se abrazan, pero los brazos ya no saben a nada. Es un formalismo, un espero que todo vaya bien desde la amabilidad humana. Son impenetrables. Almudena se siente transparente, volátil. Quizás es una prueba más de la sinceridad con la que puede llegar a amar. De forma muy intensa, pura. Isa nota el cansancio de una vida de cambios acumulados, sabiendo que su momento de atreverse, de giro drástico, ya ha pasado.

Así que, entre el ruido que viene del salón, y con la intimidad de una pared, ellas simplemente se miran. Es un verse a los ojos de esos que pueden resultar incómodos, abrumador dada la intensidad. Todo ha cambiado y los ojos siguen siendo los mismos, lo que se dicen con la mirada sigue siendo lo mismo.

La interrupción era previsible. Lila viene al baño y Lidia a por azúcar, o panela, lo que encuentre. Las invitan a unirse. Ha llegado el momento de la tarde dedicado a recordar, al anecdotario necesario para no olvidar lo que significa la amistad, en términos generales y propios. Saben que repetirán historias, que difícilmente saldrá algo nuevo, eso no les impide disfrutar como si de la primera vez se tratara.

Y con una última mirada, sabiendo que se trata de una despedida por adelantado, se toman de la mano, como queriendo transmitirse algo que no se atreven a pronunciar en palabras: *me duele la garganta de gritar.*

cerrando ciclos

estoy desdoblada.

mis raíces
tienen un océano que las atraviesa,

las ahoga
y les da vida.

he abrazado a las contradicciones
y ahora no entiendo
como pude estar tan en guerra
contra mí misma.

siento mi existencia
como una continua despedida
e interminable recomienzo.

no me cuesta decir adiós
porque sé que la distancia sana.

mi rutina
necesita cambio.

mi cotidianidad,
necesita novedad.

equilibrio entre conceptos
cuya contradicción
construí.

Capítulo 8. Liliana

Llegué a Managua con mi madre una mañana y nadie nos esperaba en el aeropuerto. La victoria de la revolución era tangible, pero no en nuestra familia. Mi padre estaría muy implicado, ocupado. No esperaba repetir la decepción de sentirme abandonada, de saberme olvidada. No podíamos buscarle porque habría cambiado su nombre, no podíamos buscarle porque él no quería ser encontrado.

Anochecía y no aparecía. No teníamos dónde dormir. Habíamos llegado bajo la promesa de un padre que se haría cargo. Las pequeñas responsabilidades no son tan atractivas. Buscamos un hostal donde quedarnos. Se escuchaban tiros en las calles. La revolución sandinista acababa de triunfar. Una vez instaladas empezamos a hacer balance de nuestras opciones. Mamá entonces recordó que tenía la tarjeta de una artista que su madre había conocido en Ecuador. No perdía nada por llamarla. En momentos como este, toda solidaridad era bienvenida.

Fue de esta forma que a la mañana siguiente ambas nos encaminamos a una estadía indeterminada en casa de Almudena y su familia. Congeniamos enseguida al ser de edades similares y haber vivido una historia parecida. Teníamos amigas comunes en Ecuador, donde ella había vivido varios años. Mi madre y su madre también tuvieron una relación muy estrecha, ayudándonos a encontrar a mi padre.

Empecé a ir a la escuela de Almudena temporalmente, sabiendo que pronto regresaríamos si mi padre no aparecía. Las clases, además, eran intermitentes, no sabíamos por qué calles pasar, si sería seguro, si merecía la pena. Íbamos siempre acompañadas. Todo eso nos hizo permanecer mucho tiempo en su casa, donde hablábamos por horas. Fue en una de las conversaciones cotidianas que teníamos en la que descubrí por casualidad que la profesora de danza de Almudena era la nueva mujer de mi padre.

No estuvimos mucho en Nicaragua. El motivo por el que fuimos resultó no ser suficiente. Al encontrar a mi padre todo estaba muy tenso, no había mucha diferencia entre que estuviese o no. Entre que estuviéramos o no. Nos mudamos a donde estaba viviendo, aguantamos unos meses, finalmente decidimos retomar nuestra vida en Quito. Poco tiempo después, Almudena volvió a Ecuador también. Nos reencontramos.

Como todo, fue volátil, parte del continuo cambio que fue y es mi vida. Nómada por naturaleza, dejando raíces allá por donde transito. Fue así como descubrí que las personas podían ser anclajes a la tierra. Hilos de los que tirar en busca de seguridad, fronteras que atravesar. No fue por cobardía que volvimos a Ecuador, porque mi madre era uno de mis grandes referentes de valentía. Yo nací en La Habana por su compromiso por la causa cubana. Mi madre no era cubana, pero construyó su identidad en base a la revolución, a lo que podía aportar. Yo nací en ese contexto, pero en mi pasaporte siempre ha puesto que nací en Quito. Es todo constructo y nosotras somos todo vivencias. O así lo hablaba siempre con mi madre. Para criarme fue que pisó una tierra más estable. Volvimos porque nos merecíamos más que esa sombra del segundo plano. Porque los compromisos personales también son políticos.

Creo que ahí quise un poco más a mi madre. Pude entenderla, en su sufrimiento por un hombre que nunca la priorizaría, que no la buscaría. Decidí que yo no quería pasar por eso. Desde pequeña siempre he creído que todo era pasajero, así que no tardé en volver a asentarme. Por esa época tuve mi primer novio. No sabía cómo decirle que no sabía si esperaba algo más de él. Que estaba muy cómoda a su lado, pero sabía que yo podía aspirar a más, a una plenitud inimaginable. Estaba hecha para sentimientos plenos, desbordantes. Conformarse con la banalidad sirve para divertirse, pero no era suficiente.

Al menos, no a largo plazo. Y, muy a su pesar, yo lo veía como algo banal, volátil.

Empecé con la militancia por este novio, lo veía como algo de grandes, de mi madre, de vida adulta y fortaleza. Así que, si entraba por otros incentivos, quizás no implicaría tanto. Me engañé un poco a mí misma. Aunque me aburrí pronto, como con todo, terminé más dentro que él, asumiendo más riesgos en la brigada. Poco tiempo después entró Bruna. Fue entonces que empezamos una relación de compañerismo, de incidencia política, de entender a nuestros progenitores. Yo solo iba a clase con Marcela, que hasta entonces nos conocíamos de vista. Entrar a las Brigadas para mí fue darme cuenta de que podíamos construir en colectivo. Fue notar lo que mi madre había sentido, lo que mi abuela había sentido. Somos parte de un todo común que funciona gracias a nosotras y las personas que nos rodean y en la que nos apoyamos. Teníamos una capacidad de acción colectiva que se revelaba en las movilizaciones que organizábamos. Y entre amigas construimos en colectivo.

Teníamos reuniones dos veces a la semana. Se hacía pesado. A veces nos aburríamos, así que Bruna y yo desarrollamos un lenguaje para jugar cuando la discusión se volvía densa. Nos hacíamos señas para escaparnos juntas al baño y hacer tiempo. Queríamos un mundo mejor, pero sabíamos que no queríamos que nos condicionase tanto como a nuestros padres. Supongo que también teníamos la opción de elegir. A veces, las palabras que se usaban en las reuniones nos quedaban grandes, así que nos comportábamos como las mujeres pequeñas que nos sentíamos. Era un juego necesario para crecer.

Poner el foco en lo social me ayudó a nivel personal, ya que no puedo centrar la atención en un solo ámbito. Empecé a estudiar biología. Luego di clases de guitarra, me pagaban bastante bien. Cuando viví en Chile tuve una galería que se quemó a los pocos meses. Después me asenté como gestora cultural especializada en cine. Finalmente me volví a París, donde mis hijas habían decidido estudiar. Y de ahí parto ahora, hacia donde tenga que ir. Atreverme a asentarme me da un poco de miedo, por si caigo en la inacción. Por eso el continuo movimiento para que el estímulo no pare.

Me divierte descubrir y conocer. Poner luz a lugares oscuros, no tan conocidos. Patear las ciudades y romantizar los paseos por las calles. Montevideo es muy idealizable. Aun así, nunca he querido vivir aquí. Quizás para mantener esta imagen utópica de pequeño país, donde al salir de las fronteras es inevitable tener algún nexo en común. Hay un bar al que Bruna iba mucho en su juventud y, de tanto que me habló de él, lo sentí mío también. Lo llevaban una pareja del interior que habían envejecido junto al establecimiento. La decoración era muy bohemia, llena de cosas viejas con utilidades extrañas, telas con estampados originales y posters de manifestaciones de los ochenta. Nos dejaban elegir la música que escuchar. Es lindo sentir un lugar como propio.

Nunca he vivido más de diez años en un mismo país. No sé contestar a la pregunta de dónde soy. Sobre los papeles, de muchos sitios. La pertenencia, la patria, es otra cosa. Quizás Ecuador, quizás Chile, los lugares donde pasé más tiempo. De Europa sé que no. Este desarraigo me obliga a ir plantando semillas que pocas veces brotan, costándome sentir la tierra por la que piso. Quizás por eso me gusta andar descalza, para sentir el suelo, la base sólida que me sostiene.

Me acuerdo de los atardeceres con Isa, en una casa que sentía como mía, con unos cuidados parentales que percibía como propios. Salíamos a pasear. Caminábamos por horas, hablando sin parar. Me gustaba prepararme listas de preguntas sobre cosas que me gustaba saber de las personas que me importaban. Le preguntaba qué le hacía levantarse por la mañana, o en qué pensaba al acostarse.

Muchas veces nos sentábamos en el muelle, con los pies colgando. Cuando estaba la marea alta no podíamos, porque si no nos mojábamos. Mirábamos el atardecer. Solíamos llegar cuando el sol se había puesto, por mucho que lo intentáramos, siempre llegábamos tarde.

Quiero envejecer en una casa en el campo donde poder sentir la tierra cada vez que quiera. Cultivar, plantar, recoger. Estos meses me he estado poniendo a prueba, quedándome unas semanas en distintas fincas y granjas en España. Una forma de asegurarme que puedo apostar por este proyecto de futuro. Levantarme, desayunar y trabajar la tierra. Quizás estoy idealizando lo que todavía me es ajeno.

Me despego porque no reconozco aquello que me une al territorio. Solo puedo ver manos, brazos que a veces arropan y otras retienen.

pedacitos

lo mucho que me hablo
y lo poco que me quería.

he aceptado mi vulnerabilidad,
mi fragilidad.
por fin: me he perdonado (y te he perdonado).

me brillan mucho los ojos
de bailarme y de celebrarme.
agradecimiento porque he entendido
que soy red y somos red.

la individualización es una mentira.
y no le quiero faltar a mis vecinas
aunque no haya nada en el mañana.

y a lo mejor no conseguimos cambiarlo.
pero la vida cambia
y cambiamos con ella.
lo líquido no quita validez a lo que sentimos
lo difícil que es alejarnos de las dinámicas inte-
riorizadas
no quita que sigamos luchando contra ellas.
(por ellas)

la vida merece la pena ser vivida
si podemos sentir y querer
como podemos hacerlo.

Capítulo 9. Entre susurros

Liliana e Isabel terminaban de recoger los platos que quedan en el salón y la mesa donde comieron, llevándolos a la cocina. Isa pasó un trapo por la mesa, quitando las migas.

—¿Cómo estás ahora? —Preguntaba Liliana mientras abría el grifo para empezar a fregar los platos. Durante unos minutos solo se escuchó el agua caer. Ninguna emitía palabra.

Se habían quedado ambas en la cocina, terminando de recoger, mientras las demás acomodaban el salón, aprontándose para lo que ya parecía un ritual de la memoria.

—Se hace lo que se puede. Al menos me siento acompañada y me estoy permitiendo vivir la vida que siempre quise. —Hacía poco más de un año que las revisiones se habían convertido en algo rutinario. Esta era la primera vez que se reunían desde la noticia que las conmocionó. Había llegado a ser un momento duro.

—¿Cuándo tienes la siguiente consulta?

—Pues realmente no lo sé. De hecho, no sé si quiero saberlo. Estoy en el presente. Acompañada. Realmente viviendo. No creo que pueda pedir mucho más. —Codo con codo, una lavaba y otra secaba. No se miraban de manera directa, cada una enfocada en su tarea.

—La fortaleza de la aceptación. Marcela y Lidia me fueron contando, pero hacía tiempo que quería hablar contigo —paró, no sabiendo si preguntar o no—. ¿Has terminado ya los ciclos?

—Por ahora sí. Gracias por preguntar, están siendo todas muy cuidadosas. Marcela me ha ofrecido unas clases de la escuela para reconectar y cuando termino siempre me quedo un rato por acá, conversando.

Mientras hablaban, seguían lavando platos. Durante unos minutos volvió a reinar el silencio.

—De hecho, me está gustando volver a conocer mi cuerpo, el atreverme a moverme.

—¿Creías que lo habías perdido?

—Sentía que no me encontraba. Me miraba en el espejo y no me reconocía. —Terminó de lavar una cacerola que le estaba costando. Se dio la vuelta para colocarlo en la encimera donde habían puesto un paño para que se secase —Ahora me gusta bailar en la sala grande, verme reflejada continuamente. Observarme y decir: "¡Mírate!"

—Es bonito verte así de alegre.

—La opción que tengo de transitar todo lo que siento.

—Un tránsito sano entonces—. Afirmaba así Lila, mientras se secaba una mano para apretar el brazo que tenía más próximo de Isabel mientras la miraba a los ojos—. Me encantaría poder estar más cerca.

Silencio otra vez.

—Entonces, ¿vivir el presente? ¿No hay planificaciones?

—Algo hay. Ilusiones supongo, pero ensayando la flexibilidad que siempre me había costado —hizo una pausa prolongada, pareciendo que había terminado la frase —¿Sabés una cosa? Por las noches me tumbo en mi cama y miro hacia el techo, intentando mantener a raya el miedo a la muerte, a mi propia muerte, que cada vez me acecha con más fuerza. Digamos que tengo miedo a la materialización del vacío en el que vivo.

—¿Te da miedo el vacío?

Ambas se miraron un largo rato, tocándose las manos, formando una imagen de conversación sentida.

—¿A quién no?

—Pero a ti concretamente, ¿te da miedo el vacío? —Insistió Lila, conociendo a su amiga y sabiendo que ahí había más que escarbar.

—Me da miedo la nada, me da miedo no haber luchado lo suficiente y haber luchado demasiado. Me dan miedo muchas cosas. Me da miedo la ausencia de significado. Me da miedo la tristeza, el desasosiego. Así que creo que sí, creo que me da miedo el vacío.

—Me resulta curioso, porque desde fuera tu vida parece plena.

—Todos los espacios dejan siempre un vacío sin llenar, por lo que pueda venir.

—Pero está bien que existan vacíos que llenar, significa que todavía tienes por qué vivir.

—A lo mejor lo que me da miedo es vivir pensando en lo que todavía queda por llenar. O morir pensando en lo que me queda por vivir.

reconciliada

he aceptado la insatisfacción crónica.
no pelearme conmigo misma
es anticapitalista:
no produce ni acumula.

no me voy a culpabilizar de nada más,
he dado la bienvenida a la palabra responsabilizar.
siento dolor
y dentro del dolor hay demasiadas emociones.

por fin he dejado de estar triste.
ahora conecto con el enfado,
con el asco y la ira.

estoy molesta,
y mi molestia ha asimilado la pérdida,
ha atravesado el duelo
y ahora le da coraje las cenizas restantes,
del fuego que una vez hubo.

la ilusión se abre paso,
de forma muy limitada,
con cuerdas y correas,
no vaya a ser que sea otro elemento fuera de control,
y lo de dentro ya es suficiente.

¿es esto consumo de cuerpos?
¿búsqueda de aprobación?
¿validación?

el deseo que me ha nacido de dentro,
el deseo que he parido,
no es tan inocente,
sin embargo,
es igual de puro.

tengo que cuidarlo,
tengo que cuidarme.
ojalá poder sentir agradecimiento hacia él,
por liberarme y dar paso a este bienestar.
algún día.

Capítulo 10. Isabel

Estando yo en Nicaragua, estalló la revolución sandinista. Poco después llegó Almudena, luego Liliana. Seguía sintiéndome extranjera. No era mi país, no era mi casa. Es cierto que por el trabajo de mi padre nunca podíamos quedarnos mucho tiempo en un mismo sitio, pero algo dentro de mí quería aprovechar el momento histórico que me había tocado vivir. De hecho, sentía la obligación moral y política de ser partícipe del mismo.

Esta corriente política antiimperialista se había estado gestando desde los años 30 y fue el 19 de julio de 1979 cuando comenzó un largo periodo de reformas sociales y económicas en medio de lo que prácticamente fue una guerra civil. En ese momento, entre nosotras se construía una fuerte identidad cultural latinoamericana. De Uruguay, como

Rodó, nos sentíamos parte de un todo, hijas de una herencia cultural y una necesidad de libertad.

Recuerdo las amistades de ese momento. Nos sentíamos guerrilleras, luchadoras. Teníamos que sentirnos así. Nos había atravesado el contexto en los inicios de la militancia y, en mayor o menor grado, todas pertenecíamos a la historia que estaba aconteciendo.

Se organizaban asambleas en espacios autogestionados, donde nos repartíamos los turnos de limpieza. Algunos viernes se festejaban fiestas donde el dinero recaudado se destinaba a los grupos militantes. También nos repartíamos el tiempo en la barra. Me sentía mayor, con capacidad de convocatoria.

Fue en estos momentos cuando se consolidó la necesidad de colectivo, no pudo haber sido en otro momento. Había necesidades que todas debíamos suplir y la situación de excepción, por muy histórico que fuera el momento, dificultaba mucho el acceso a recursos básicos. Que luego terminase dedicándome a la salud pública no pudo ser casualidad.

Cuando traje a Lila a una de estas fiestas le impactó ver referencias a su padre. Evitaba mencionar quién era. Me costó entender por qué. Se llevó muy bien con unas chicas de un colectivo de artistas, que la inviaron a pintar una de las paredes del centro con ellas, lo que Lila aceptó encantada. Me pregunto si seguirá esa pared en pie, si nadie habrá pintado encima.

Lila hizo su estadía temporal en Managua cuando Almudena ya se había asentado. Habíamos coincidido un tiempo en Quito, pero no habíamos profundizado en la relación hasta ese momento. Ellas no se habían conocido todavía. Conectamos al primer contacto, muy curiosas con la vida y ganas de vivir en un presente rabioso. Bailábamos juntas. Fuimos muy amigas, muy compinches.

Recuerdo observar a Almudena. Bailábamos mucho, muy pegadas. De vez en cuando nos mirábamos y sonreíamos. Parecía que la danza estuviera también en su interior. Emociones y sensaciones subiendo y bajando, ondulándose, moviéndose de un lado al otro. Si alguien se entrometía entre ambas, una de las dos terminaba buscando a la otra. Este juego se repetía cada vez que salíamos.

Almudena venía solo a las fiestas, ni a las asambleas ni a las limpiezas. Pero defendía muy serenamente que ya llegaría la causa por la que militar más continuamente. Pero donde hubiera música, allí estaba ella. Así que en el tiempo que coincidimos las tres en Nicaragua, estos eran nuestros puntos de encuentro. En Quito habíamos sido demasiado pequeñas para compartir algo más que juegos y charlas.

Había veces que el baile terminaba con lo inevitable. Creo que para Almudena no tenía la misma importancia que para mí. Siempre muy discretas. Ocultas. Aunque ambas sabíamos que se repetiría la siguiente vez que estuviéramos en el mismo contexto. Nos queríamos tanto que era normal indagar en estas formas de afecto, para mí lo era, para ella creo que también.

Esto no pasó de repente, los acercamientos fueron dándose poco a poco. Nunca le poníamos palabras, simplemente se daba, pasaba. Cuando Lila volvió a Quito, la relación se volvió aún más intensa. Nos volvimos inseparables.

Pero al poco tiempo de regresar ambas a Ecuador. Almudena cambió. Hacía cosas sin mucho sentido y sin explicación coherente. Decidió cerrarse en banda, construir un muro a su alrededor para que nadie, ni siquiera yo, pudiera acceder. Dejó de hablar sobre lo que había pasado. Solamente reía, pero se trataba de una risa vacía. Poco a poco, se transformaba en una persona vacía. Y yo no podía dejar de pensar en ella. Me resultaba demasiado violento. No saber nada, no decir nada. Estaba harta del silencio.

Nunca entendí ese tipo de amor. Yo había tenido mis primeros vínculos románticos, pero nunca de esa intensidad, nunca que me complicaran la vida. Supongo que ya en ese momento intuí que la emocionalidad me llegaría de otros lados, no de una relación. Así que tomé distancia. Me alejé para cuidarme y cuidarla, darle el espacio que sentía que necesitaba, fiándome de mi intuición.

Así viví toda mi vida. Estableciendo vínculos desde la tranquilidad, desde los trayectos comunes. La danza también estuvo siempre presente, como muestra del movimiento imparable de la vida.

Cuando me anunciaron el abrupto de mi vida, yo ya lo sabía, eran los médicos los que no lo habían podido ver. Llevaba varios meses sintiéndome mal. Sabía que algo no marchaba bien. Insistía e insistía, pero mi conexión con el cuerpo era continuamente infravalorada. Si su máquina no lo detectaba, no estaba. Ahí se quedaba el diagnóstico. Empecé con los tratamientos, pero me insistieron en que era demasiado tarde.

Pero peor era el vacío, así que decidí centrarme en el presente e idealizar el completo pasado que tenía.

Me gustaba dar paseos por la cañada que rodeaba mi casa familiar, la que había quedado a mi cargo cuando mis padres fallecieron. Había una pasarela de madera para las zonas que solían inundarse en las temporadas más lluviosas. Alguien había construido un pequeño mirador, también de madera, que permitía ver el atardecer con una luz inigualable.

Con los años había cada vez más edificaciones. La única que me agradó fue la pequeña cafetería, siempre con trabajadoras que iban y venían, con un dueño de la zona que me daba conversación cada vez que iba. A veces me invitaba a sus platos del día. Era ya parte de la historia del lugar, me hacía recordar que las personas forman la historia del territorio. Me aferraba a eso cuando me sentía desposeída de tierra de pertenencia.

exilio

querer es construir
un hogar,
una casa.
y lo digo en el sentido material.

cuando he querido
he tenido la suerte
y la experiencia
de construir espacios seguros.

peri rossi lo dice de manera muy clara
no te exilias hasta que te quedas sola.
el arraigo a la tierra son también las personas.

mamá dice que me tatúo plantas
para conectar con las raíces.

lo que no sabe es que ella
con su independencia
es muchas veces mi puerto a tierra.

y por eso toda la vida le he exigido tanto,
por eso siempre espero mucho de ella.

para mí
el desamor fue un exilio
de mí misma.

y nadé para separarme de la tierra que había
construido con una otredad.

Capítulo 11. El adiós

Lila e Isa volvieron al salón, acomodándose en el sofá. Seguía la charla y las risas inundaban el espacio. Una de las anécdotas más contadas siempre era la partida de Lidia. La primera que marchó, porque antes de tomar rumbo a Montevideo sus padres se establecieron en distintos países, Lidia siempre acompañando.

—¿Recuerdan? El reencuentro fue de película, como si nos hubiesen grabado.

—Ver la playa montevideana es ahora verlas a ustedes—. Lila, al ser la única no uruguaya, vivía el país a través de sus amigas. —Son mi vínculo con el atlántico supongo.

—Cuando yo llegué, también nos reencontramos frente al mar —comentó Marcela, la última en llegar—. Me han contado tantas veces la anécdota que a veces siento que yo también estuve ahí.

Marcela llegó dos años más tarde. Todavía seguía en la escuela de danza en Cuba y, hasta que no quiso cambiar de camino, comenzar una carrera, no volvió. Tejió su propia red a la llegada, a través de *contradanza*.

—Era tan difícil encontrarnos. Me acuerdo que al llegar no sabía la dirección de ninguna ni vosotras la mía. Todas las cartas se habían extraviado. —Recordaba Lidia, quien semanas antes de su vuelta había intentado encontrar a sus amigas y no había podido, aunque con Isa no había perdido el contacto—. ¿Dónde estarán todas esas cartas enviadas pero no recibidas?

—Perdimos muchas cosas en el camino, las cartas son solo algún elemento más. —Contestó Bruna, parando para recordar—. Hasta que encontramos un lugar fijo donde dormir pasaron meses y hasta que recuperamos nuestra antigua casa, unos pocos más. Marcela llegó cuando ya estábamos instaladas. Pero bueno, todo lo que tenía que salir, salió.

—Y las reuniones del gremio estudiantil ayudaron —dijo Lidia entre risas—. Si no hubiera sido por esa conciencia política que todas traíamos de casa, no nos hubiéramos involucrado y, por tanto, encontrado. Tanto salir a la calle tenía que hacer que nos cruzásemos.

Isabel se revolvió en el asiento, inquieta ante las palabras de Bruna. Ella había sido la primera en marcharse, así que recordaba las cosas de otra manera. Lo había pasado mal a la llegada. Uruguay era un país ajeno y no había personas amigas que lo hiciesen más habitable. Solo intercambiaba cartas con Lidia, que tardó en volver más que Bruna y Almudena. Además, la universidad tampoco fue un lugar de acogida. Su visión era demasiado crítica, díscola. Cogiendo una de las galletas de encima de la mesa, miraba con cara de incredulidad a sus amigas.

—Todo esto lo decís ahora, pero en el momento lo vivimos diferente. Cuando llegué no sabía si las volvería a ver, había una gran posibilidad de que no. Y vivir era eso: la incertidumbre. El dejarnos llevar por nuestros padres y las consecuencias de sus implicaciones políticas. Que podemos estar muy de acuerdo, pero que hubo consecuencias, las hubo. —Paró para tomar aire—. Ya no había esas reuniones para recaudación de fondos para presos y presas políticas. Ya no había encuentros en el Sita Rosa o del teatro Galpón.

Todas se quedaron en silencio. Mirándola.

—Claro que ahora lo vemos diferente. Cuando todas se marcharon fue la gran incertidumbre —cortó el silencio Lila—. Mi madre se tardó aún un tiempo en decidir irse y para ese entonces, yo ya mayor de edad, me había ido para Chile. De hecho, ni mi madre ni yo teníamos una patria a la que volver.

Sabiendo que era cierto, todas callaron. Habían vuelto porque tenían sitio al que y razón por la que volver. Una razón tan de peso que las seguía atrayendo a la patria de adultas.

—Buscamos el sentir hogar, la certidumbre de un sitio que acoja. Por suerte sabemos que siempre quedaremos nosotras. —Con esta frase, Marcela se levantó y acomodó los cojines del sillón donde se sentaba. Era la señal de que el encuentro llegaba a su fin.

Mirando la hora, siguieron recogiendo, sabiendo que el adiós estaba cerca. A penas quedaban platos para fregar y Marcela reiteraba que para ella era un ejercicio introspectivo, que le gustaba. Ella tenía esas cosas, no le gustaba ponerse calcetines que fuesen a juego y prefería fregar ollas a platos, bandejas a tenedores.

Las nubes aguantaban y la lluvia se contenía por el momento, aunque se respiraba la humedad. Liliana subió a la habitación de arriba, donde había dejado un cuadro que le había pedido una amiga. Fuera a donde fuese, siempre parecía llevar una casa a cuestas.

dolerme

el dolor empieza bien dentro,
debajo del esternón,
bloqueándome hasta la tráquea,
comprimiéndome los pulmones.

sorprende ver lo físico que es.
siento como si dos garras que nacen en el pecho,
se agarraran a mis costados,
bajaran hasta la barriga
y apretaran muy fuerte.

de repente me sueltan,
y mi cuerpo se expande,
se disocia,
hasta que vuelven a estrujarme.

el corazón me late muy fuerte,
por las noches me entran arcadas
que interrumpen la retahíla de pensamientos
que me impiden dormir.

conocer este dolor me ha hecho conocer otra
forma de insomnio,
otra forma de autocuidados
y de dolerme.

es como si tu indiferencia fuese un peso que se
me ha sentado encima
y me cuesta levantarme.
me cuesta respirar.
me cuesta relajar la mandíbula.

no consigo sacar el dolor fuera,
hacer algo con él.

Capítulo 12. Lidia

Estábamos sentadas en el césped, riendo ya del cansancio después de la caminata. Mirábamos al cielo y sentíamos la hierba en los brazos, ligeramente mojada por la humedad propia de la naturaleza. Nos sentíamos ligeras, como si el peso del mundo hubiera dejado de estar.

Realmente el ambiente estaba denso, propio del clima ecuatorial. Habíamos podido reunirnos en 2004, tras varios años separadas. Estábamos en la casa de Lila en Quito, la única que había mantenido el vínculo físico a la cuidad. Yo seguía sintiendo que mi casa era un lugar entre medias de Ciudad de México, primer lugar donde nos exiliamos, y Montevideo. Aunque Quito y Buenos Aires eran también parte de mi crianza. Éramos todas hijas de la historia de América Latina.

En 2004 ya la mayoría habíamos tenido hijas e hijos, no todas. Pero quién nos iba a decir que íbamos a acabar como 6 madres convencionales observando a su descendencia jugar mientras charlábamos. No todas habíamos tenido compañeros de crianza. Al menos, yo no.

—Lidia, eres una hormiguita —me decía siempre Bruna.

Cierto es que solía destacar por trabajar poco a poco, no siempre consiguiendo salir de los bucles en los que te mete el sistema. Estudié psicología, pero nunca ejercí. Mi pasión siempre siguió siendo la danza. Trabajé en muchas otras cosas para pagarme los estudios. Con el gobierno del Frente Amplio pude pasar varios años de asesora de proyectos, participando en el cambio social en el que siempre había creído. Pero me había tocado volver a la realidad.

Lo que realmente he disfrutado siempre es el desarrollo armónico. Creo que es porque mezcla la mente y la danza, el conectar con el cuerpo y expresar a través de él.

Nunca he tenido necesidad de destacar, me gusta sentirme parte de un todo más grande que yo. Por eso he buscado siempre lugares abiertos, en los que poder perderme, en los que poder escaparme.

Desde hace años paso la mitad del año en el Cabo Polonio. Invitando siempre a amigas, queriéndome como amiga también. He dejado de romantizar el sacar agua del pozo y la masificación cada vez me molesta más. Pero yo también llegué un día y me sentí parte. Supongo que es la magia del lugar, te hace sentirte parte, aunque no lo seas. Cada poco tiempo tengo que reformar el rancho, porque siempre hay alguna avería. Cuando no estoy, lo alquilo para pagar estas reformas.

Reposando en la hierba, miraba cómo la hija de Lila y la de Bruna se hermanaban. Todas tenían edades aproximadas. Lila contaba alguna de sus curiosas anécdotas y todas la escuchábamos encandiladas. Cuando hablaba, tenía todavía mayor poder de atracción. Ese día habíamos salido a pasear, recorriendo nuestros antiguos barrios y recordando nuestra antigua vida. Recorrer para recordar, en eso consistía el viaje.

Todas nuestras escapadas eran lideradas por la curiosidad de las seis, cada una a su manera y con sus manías. Bruna y yo tirábamos por la naturaleza, buscando ríos y pozas. Lila siempre la parte más cultural, descubriéndonos los rincones más excéntricos y extravagantes de las callejuelas más decadentes. Almudena nos hacía parar en librerías, en comercios cuyos dependientes nos pudieras relatar los entramados del barrio, las recomendaciones. No siempre salía bien, pero nunca lo dejaba de intentar. Isa y Marcela buscaban obras, actos performáticos, artes visuales, cines, teatros… Se dejaban sorprender. Entre todas construíamos un itinerario de viaje del cual no cumplíamos ni la mitad.

Ha sido ahora como adultas que comenzamos a asistir a clases juntas. Marcela, Isabel y yo ya habíamos coincidido en varias y los proyectos comunes comenzaban a aflorar. Nos gustaba imaginar en lo que podíamos llegar a crear. Fantasías. En ese momento cada una vivía en una ciudad distinta y no teníamos intención de que eso cambiase. Los encuentros siempre eran más intensos cuanta más distancia había. La relación nos sumaba ganas de conocer y nos hacía reconocer la estabilidad de los vínculos.

El cielo estaba en continuo cambio en esa época del año. De vez en cuando, una neblina acompañada de nubes y lluvia hacía que nos tuviéramos que resguardar en el interior de la casa. Poco después, volvía a salir un sol que, aunque no nos secase, nos arropaba en la humedad.

Recuerdo esos días fríos y húmedos porque estaba viviendo uno de los tantos duelos inevitables si te atreves a querer. La danza siempre me había ayudado como forma de meditación, de reconectar conmigo misma. Si me concentro, puedo volver a sentir algo similar. Unas garras que me agarraban desde bien dentro y apretaban, a veces en el pecho, a veces en la barriga, según se tratasen de los recuerdos bonitos o los feos. Él acababa de desaparecer. Yo ya lo veía venir, pero no podía llegar a pensar que enfrentarse a sí mismo era más duro que enfrentarse a mí. Efectivamente, fue así. Nunca volví a saber de él.

La historia empezó como todas, poco a poco. Nos quisimos muy intensamente, durante bastante tiempo. Era muy equilibrado, como un campo de margaritas. Nos veíamos ocasionalmente, pero no necesitaba más. Me valía lo que él tenía para darme, no quería más. Fue una historia de amor, como podría haber sido cualquier otra. Y a estas alturas, a veces me da la sensación de que el amor no fue tan intenso como el desamor.

Estuvimos varios años en un viene y va. En el tiempo que estábamos separados a veces me acordaba de él, de cómo besaba, de cómo me miraba, de todo él. No sentía ansiedad por la separación, a veces hasta me costaba echarle de menos. Pero siempre añoraba su contacto, buscaba sentir su presencia con pequeñas cosas que me recordasen a él. Escuchaba la radio por las mañanas, pensando en que él lo estaría haciendo también. Leía después de la comida, pensando en las veces que le leía en voz alta, tumbados en la cama. Fue una relación larga, aunque nos viésemos poco, porque siempre estaba sin estar. Nada duraba, pero me acabé enamorando de lo efímero de las sensaciones.

Cuando nos encontrábamos era una explosión de adrenalina, nos consumíamos mutuamente. Cuando nos separábamos necesitaba reponerme emocionalmente, transitar la resaca emocional y recomponer mi autonomía. Por fuera todo parecía normal, seguía trabajando, seguía estudiando, leyendo, cocinando, viendo a amigas. Por dentro sabía que él seguía presente, aunque no me atreviese a hablar mucho de la relación, ni hiciese proyecciones a futuro.

Cuando se fue, menos mal que estuve acompañada de las mujeres de siempre y de algunas nuevas. Y es que el desamor, de una forma o de otra, es una experiencia colectiva. Y colectiva es también la sanación. Me dieron a leer *Pura Pasión* de Annie Ernaux, y como decía ella, de lo que me arrepentiría es de nunca dar salida al remolino que tengo dentro. Aprendí que puedo sentir mucho, así que honraré esta capacidad.

Así que saqué la rabia, el miedo, el asco y la tristeza, en ese orden, fuera. Porque tienen más que aportar cuando no están dentro de mí. Porque sin querer capitalizar e instrumentalizar las emociones, ya me hicieron mucho daño como para seguir rumiándolas.

A veces me entraban ganas de vomitar por la noche, aferrada a la única prueba que tenía de que se había ido. Una carta con dos palabras, "Me voy". Ni una disculpa, ni una explicación. Solo un "me voy", seco, desapegado. Lo desidealicé de golpe. Luego lo perdoné y lo volví a idealizar. Lo odié, me enfadé y lo volví a perdonar. Todo yo sola. Durante unos meses, por fuera todo seguía normal. Como cuando todavía había una relación. Seguía trabajando, seguía estudiando, leyendo, cocinando, viendo a amigas. Ahora me acompañaba un vacío que me carcomía por dentro. Llegaba agotada a casa y al tumbarme, me entraban las arcadas. Tenía que expulsar todo el amor que le tuve porque, como quedase algo, se terminaría pudriendo dentro del estómago y me acabaría matando de una infección.

Le escribía cartas que nunca le mandé, porque no tenía dirección postal a la que enviar. Se fue sin dejar rastro. A veces no podía evitar acordarme de él, incluso cuando pasaba mucho tiempo sin escribirle. Cuando fui a Caoní, fue como volver a ir con él. La última vez que estuve en esas aguas fue con él. Ya ni me acuerdo cómo, o realmente cuándo. Sé que fue antes de nuestra decadencia. Él estaba lleno de ilusión. Yo también. Nos quedaba mucho por vivir, eso lo sé ahora. Le quise con todo lo que tenía para quererle.

Le di todo lo que tenía para darle, ni más ni menos. Le quise de la forma más sana que pude, aprendiendo qué es querer, qué es que te quieran. Y me inundó la pena de pensar que no volveríamos a bañarnos en la misma agua, que no volveríamos a compartir la corriente. Nuestro río ya pasó y yo estaba muy orgullosa de haberlo navegado, aunque a ratos sintiese naufragar. Todo esto le escribía.

Menos mal que todo sanó, solo quedan anécdotas de juventud. De un tránsito a la vida adulta donde tuve que aferrarme a los apoyos seguros que tenía a mi alcance. Poco a poco, como la hormiguita que me decía Bruna que era, construí un refugio, un hogar al que recurrir cuando el exterior era hostil. Una comunidad con la que compartir alegrías y penas, una comunidad que me alimentase el alma y a la que aportar con lo poco que sentía que tenía.

Para calmar la ansiedad, en momentos donde no sé lidiar con la tristeza, compro plantas. Me da motivos para vivir, para cuidar.

Para ver crecer seres ajenos a mí, interde-
pendientes. Quizás racionalizo de más. Ges-
tioné el duelo en tres casas, cada una con sus
flores. Si no regalara las plantas con cada
mudanza, podría hacer una floristería de mis
penas.

desde mi tumba

¿se puede resucitar después de morir?
cada vez las montañas son más planas
y ni el valle es tan bajo
ni el pico tan alto.

que alegría estar viva,
pero no ha sido hasta que me morí,
hasta que estuve bajo tierra,
casi comida por los gusanos,
que descubrí que quería vivir.

así que saqué fuerzas de donde no sabía que tenía,
aprendizajes que no recordaba memorizar,
y rasqué,
rasqué mucho.

me llené las uñas de tierra,
tuve que romper muchas raíces,
para volver a llenarme los pulmones de aire.

espero que no se pueda morir
después de resucitar.

Capítulo 13. Despedida

Corrían por la playa, descalzas y con los zapatos en mano. Reían mientras tropezaban. Lidia se acercó al mar, gritó y levantó las manos. Sus risas se entremezclaban con el ruido de las olas. Era primavera. La primera primavera en Uruguay.

El cielo estaba cubierto por unas pocas nubes. Olía a sal y a humedad. De la rambla llegaba la fragancia de los jazmines que comenzaban a abrirse. La ropa estaba mojada, a pesar de que no llegaban a meterse en el agua. Se entremezclaba el ruido de los pájaros lejanos con el de la gente que, como ellas, se había acercado a la orilla por el buen clima que excepcionalmente hacía. Había estado lloviendo durante una semana y por fin empezaba a salir el sol.

Una vez se cansaron, se sentaron cerca de la orilla. Reposaban mientras hundían los pies y las manos en la arena, sintiendo como los granitos se les metían entre los dedos. De vez en cuando se miraban entre ellas y sonreían. No necesitaban hablar en ese momento, solo sentirse, contar con la compañía. Ser consciente de la presencia.

El continuo movimiento las había hecho entrar en calor a pesar del frío primaveral. Las cuatro respiraban agitadamente, estremeciéndose con la llegada de las olas.

Cuando volvieron del exilio, no les fue fácil reencontrarse. Pasaron meses en los que no sabían dónde vivían las otras, ya que al partir no tenían ninguna certeza de que el país que las recibiría iba ser el mismo que habían dejado. Muchas se encontraron con que sus casas habían sido ocupadas por familiares de militares, y el proceso legal que marcaría la fuerte memoria histórica de Uruguay estaba todavía comenzando. Tuvieron que desplegar todas sus redes de apoyo para poder encontrar hogares sustitutos mientras recuperaban los suyos. Más de un año tuvo que pasar hasta que, por casualidades, los caminos de las cuatro amigas se cruzaron. Casi cuatro estaciones para que, un día, se encontraran. No tenían dirección donde enviar cartas. No sabían si los teléfonos seguirían siendo los mismos que recordaban. No tenían la certeza de que todas hubiesen llegado, ni sabían dónde empezar a buscar.

El rencuentro ocurrió en octubre. El verde y amarillo se expandía por las calles motevideanas. Bruna caminaba por la rambla, volviendo de la ciudad vieja a su casa en Baldomir. Escuchaba el mar y los ruidos de las primeras personas que se atrevían a acercarse al agua. Tras un duro invierno, había que tener mucha valentía para tocar un río que parecía mar. O un mar que disfrazaban de río.

Había quedado en encontrarse con Almudena en la esquina con Avenida Brasil. Debido a la cercanía de la madre de Bruna y el padre de Almudena, fue fácil encontrar un hilo del que tirar. Tras conseguir las direcciones, Almudena se presentó en la puerta de

Bruna. A partir de ahí pudieron retomar el contacto, verse esporádicamente, ya que la vida les empezaba a enseñar que tomarían caminos distintos.

—¿Cómo andás? ¿Te acostumbraste ya? —le dijo al oído Bruna mientras se abrazaban. Se habían visto veces contadas. Ambas estaban terminando el primer año de universidad. Era otro contexto, la infancia y Quito quedaban cada vez más lejos. Sin embargo, algo seguía tirando de ellas. Se dieron cuenta de que el acento que tenían era distinto, que llevaban un año de atraso. Ambas sentían un cartel simbólico que las mostraba como recién llegadas. No eran las únicas.

—Es lindo tener estaciones, aunque el frío cale dentro. —Acababan de atravesar el primer invierno desde hacía muchos años, ya que en Quito vivían la estación lluviosa y la seca. Habían tenido que comprarse abrigos, edredones y gorros de lana.

—Y por muchas capas que lleves, la humedad se hace paso, de eso no nos libramos.

Siguieron caminando, compartiéndose, añorándose. Se acercaban al barullo de la playa. En el primer año de recuperación de la democracia, el asociacionismo se fortalecía de a poco. Buscaron unas escaleras y bajaron. Habían quedado en encontrarse para asistir a este evento. Secretamente esperaban poder encontrarse con sus amigas ahí. Llevaban un tiempo buscándolas, intentando pensar a qué sitios irían Lidia e Isa. Iban a teatros, donde los primeros diez minutos eran dedicados a un recorrido del público. En la cinemateca se quedaban siempre esperando a la entrada del siguiente turno, por si diese la casualidad. La incertidumbre despertaba los sentidos y el estado de alerta era un continuo.

Cuanto más se acercaban, más ruido había. Ambas achicaron los ojos, para intentar reconocer a las personas reunidas. Iban saludando a las conocidas, sonreían a quienes se encontraban recurrentemente en estos espacios. La música sonaba, aunque no identificaban de dónde. Se miraron, sonrieron y empezaron a mirar hacia la orilla.

A medida que se adentraban en la arena junto a la poca gente que, con la llegada de la primavera y el sol, se aproximaba al mar, empezaron a distinguir figuras. Ahí estaba Lidia. Se fundieron en un abrazo mientras cantaban la cumbia de *Cariñito* a pleno pulmón. Comenzaron a hablar, a contarse lo que había sucedido en este año de distancia, sin saber que esa sería la norma de su relación en los cuarenta años siguientes. Se quitaron las sandalias y se alejaron del grupo de estudiantes caminando por la arena. El ruido del megáfono quedó atrás y, tímidamente, se acercaron al pequeño oleaje. Solo Bruna y Lidia se atrevieron a meter un pie en la helada agua primaveral.

Habían pasado cuatro décadas desde ese encuentro y sus vidas habían dado muchos giros. No se habían abandonado. Una vez la cocina y el salón quedaron recogidos, se miraron entre ellas. Bruna tenía los ojos llorosos. Se fueron dando fuertes abrazos cada una, deseándose suerte en las nuevas etapas, con apretones de manos y caricias en el pelo. Cuerpos sin distancia para expresar cariño.

Este libro se terminó de imprimir en junio de 2024

Publicado por Ediciones del Genal.

Al cuidado de esta edición

Librerías Proteo y Prometeo

MMXXIV